ブレイディみかこ

Mikako Brady

新潮社

ぼくはイエローでホワイトで、ちょっとブルー2

The Real British Secondary School Days

人間の本質についてわたしが本当に知っているたった一つのことは、
それは変わるということである。
——オスカー・ワイルド

ライフって、そんなものでしょ。
——うちの息子

ぼくはイエローでホワイトで、ちょっとブルー　2

目次

初出誌「波」（２０１９年５月号～２０２０年３月号）

ぼくはイエローでホワイトで、ちょっとブルー 2

1　うしろめたさのリサイクル学

別に「こんまり」ブームに乗ったというわけでもないのだが、わが家にも一度買ったものは捨てられないタイプの人間（配偶者）がいるので、壮大なクリアアウト（不用品の一掃）をはじめることになった。

わが家の場合、「DIYをするする詐欺の常習犯」である配偶者が、日曜大工用品店がバーゲンをやっているときにバスタブだのフロアリングの床だのドアだのを買って来ては何十年も放置するという癖がある。だから、車庫や狭い家の一部がそうしたもので埋まっていて生活スペースを著しく侵食しているという深刻な問題を抱えていた。よって片づけと言っても、「こんまり」シリーズに出てくる人たちのように黒いごみ袋に収まる程度のスケールではない。

建設機器レンタル会社からスキップを借りた。スキップというのは、廃棄物入れのコンテナのことである。英国では家を建て替えるときとか改装するときとかに、鉄でできた大きな箱状のコンテナに工事で出た廃棄物を入れて、クレーンで持ち上げてトラックで運び去る。

うちは改築するわけでも工事が入るわけでもないのだが、片づけにこれが必要になったのだった。

トラックで大型コンテナが運び込まれると、それだけで家の前庭が埋まってしまった。が、配偶者は物を捨てるのが何よりも苦手な人間なので、「もったいない」、「いつか本気でDIYをするときに」とかぐずぐずしている。従って大きなコンテナも底のほうの20％ぐらいに廃棄物が溜まっている段階で止まってしまった。

と、そんなある日のことである。

休日の朝6時頃、2階の部屋で寝ていると、家の前で、ゴトン、ガタタン、と大きな物音がした。うちの前にスキップがあったことを思い出し、わたしはベッドから飛び起きた。反射的に誰かがごみを入れに来たと思ったのである。家の前にスキップを置いておくと、どさくさに紛れて近所の人が粗大ごみを入れるというのはよく聞く話だからだ。配偶者がちっとも物を入れないから、これ幸いと誰かが活用しに来たのだろう。

廊下に出ると息子も部屋から出て来ていた。2人で窓から外を見ると、すでに配偶者がバスローブにスリッパ履きで前庭に出て、スキップの脇に立っている長身の男性に何か言っている。男性は、アングロサクソン系ではなかった。少し離れたところに白いバンが止まっていて、その横に立っている女性は、地面につくような長いスカートをはき、頭にネッカチーフのようなものを巻いている。

いきなり配偶者がすごい勢いで家の中に入って来るのが見えた。スキップの脇に立っていた男性がその後を追うようにこちらに来て、玄関の前に立っている。きっと配偶者に怒鳴りつけられ、リヴェンジしようとしているのに違いない。玄関の脇に積み上げられた煉瓦《れんが》（これもＤＩＹするする詐欺の産物だ）の一つでも手に取って窓ガラスに投げられたりしたらどうしよう。と思っていると配偶者が再びドアを開けて外に出て来た。が、なぜか両腕に息子が数年前まで乗っていた自転車を抱えている。

それを受け取った男性は白いバンのほうにスタスタ歩いて行った。バンから男性がもう１人降りてきて、車の後部のドアを開けて自転車を中に積み込んでいる。配偶者が家に入って来て玄関の扉を閉める音がした。

わたしと息子は急いで１階に降りて行った。

「鉄くずを集めてる移民だった。ほとんど英語はわからない。自転車も渡しといたよ。ほかにもまだ捨てるものが出てくるから、定期的に見に来いって言ったら、『エヴリデイ、エヴリデイ』って言ってたから、また来ると思う」

「ということは、あの人たち、スキップにごみを入れに来たんじゃなくて、中の物を取って行こうとしていたの？」

眠そうな目をして息子が言った。

「ああ、鉄がついている粗大ごみを探していたんだ」

「でも、鉄のごみなんて持ってってどうするの？」

「スクラップのメタルを引き取るところがあるから、そこに売るんだよ」

「お金になるの？」

「いや、こないだ車のバッテリーを5つ持って行ったら、30ポンドだった。持って行く労力とガソリン代を考えると、ほとんど無駄と言ってもいい」

「なんで車のバッテリーを5つも持ってたの」

今度はわたしが聞くと配偶者は言った。

「いや交換とかするたびに自然に車庫に溜まっていって……」

そりゃ物も増えていくはずだと呆れたが、走り去る白いバンを窓から見ていると、これはどこかで見たようなシーンだなと思った。そして、ああ、『ベネフィッツ・ストリート』だと気づいた。

２０１４年にチャンネル４が放送したその番組は、住人のほとんどが生活保護受給者という実在のストリートで密着取材したドキュメンタリーだった。放送当時、「貧困ポルノ」と呼ばれたり、いわゆるチャヴ層をステレオタイプとして描いて悪魔化する保守派のプロパガンダと批判されたが、第2回はルーマニアからの移民の家族を描いたものだった。彼らは英国に来たばかりで、粗末な家に大家族で住み、白いバンで近隣を回って鉄くずを集めて売る仕事で生計を立てていた。

「まるで『ベネフィッツ・ストリート』のルーマニア人家族みたいだね。たくさん鉄のスクラップを集めても買い取り先に買いたたかれて、すごい生活が苦しい家族の話だったよね……」

と言うと、配偶者がハッとしたようにわたしのほうを見た。

あの番組では、舗道に捨ててある粗大ごみを持って帰るルーマニア移民の家族に、ベネフィッツ・ストリートの貧しい人々がひどい言葉を浴びせたり、彼らの作業を妨害するシーンがあった。自分たちがいらないから捨てているごみを取って行こうとしている人たちにどうしてそんなに腹が立つのか、彼らへの憎悪をむき出しにしていた。

「俺が家から出て来たとき、きっと文句を言われると思ったんだろうな」

「いろんなところで言われてるかもしれないからね。それに、そんなスリッパ履きでいきなり出て来られたら……」

「あの人が家の前に立ってたとき、うちに攻撃して来るんじゃないかって思った」

と息子が言った。

「『ウェイト、ジャスト・ウェイト』って言って自転車取りに行ったら、黙ってついて来たんだよ」

配偶者は心なしか瞳を潤ませている。

「バンの中には小さい子どもも乗ってたよ。ほんとの家族のビジネスだ。よし、鉄のついた粗大ごみをがんがんスキップの脇に置いていこう。スキップの中に入れちゃったら、けっこう深いから外に出すの大変だからな」

貧乏なアイルランド移民家庭の出身である配偶者はこういう話にめっぽう弱い。これをきっかけにして、ようやく彼は本腰を入れてクリアアウトを始めることになったのだった。


ミクロの視点は中2病？


翌日から、毎朝ほんとうにルーマニア移民たちがうちに来るようになった。ガタガタ音がするなと思って窓から外を覗くと、配偶者がスキップの脇によけておいた鉄の背もたれがついたベンチとか、古いボイラーとかを、男性たちが一つずつかついで白いバンに積んで帰って行く。

なぜ彼らがルーマニア人だとわかったかというと、配偶者が家の前で時おり彼らと言葉を交わすようになったからだ。若い男性のなかにはけっこう英語を喋れる人もいるようで、来るたびにメンバーには新しい顔が混ざっていた。いったい何人でこの仕事をしているのかわからないが、時には高齢の女性がいたり、ジャージの上下を着たティーンの少女が混ざっていたりして、本当に『ベネフィッツ・ストリート』に出て来た移民の家族みたいだ。

4日目のことだった。配偶者が、前の職場のロゴが入った黄色い安全ベストを5、6着見つけて、「いまの職場では着られないから」と言ってスキップの中に捨てておいたら、いつものように鉄くずを取りに来ていた男性たちがそれを見つけてビニールから出して羽織りはじめた。男性の1人が白いバンのほうに何かを叫ぶと、小学生ぐらいの少年が降りてきて、黄色いベストを手に取り、うれしそうに羽織ってぴょんぴょんジャンプし始めた。自分も大人たちの一員になったような気分になったのだろう。少年は小躍りするようにして大人が鉄のパイプを運ぶのを手伝っている。フランスでは黄色いベスト運動、ブライトンでは黄色いベスト労働が展開されているぞ、と思いながら窓の外を眺めていると、車庫から配偶者が大きな黒いビニールのごみ袋を抱えて出て来た。

配偶者が男性たちに何か言ってその袋を渡した。男性の1人がそれを開けて中身を出すと、見たことのある柄のベビー服が出て来た。息子が赤ん坊のときに着ていた服だ。わが家は配偶者のほうがこういうアイテムにセンチメンタルになるタイプであり、わたしがリサイクルに出そうとしていると、「それはダメだ。思い出があるから」とか「それを着ていたときめちゃくちゃかわいかった」とか言ってどこかにささっと持っていき、いまだに隠し持っていたのだった。

黄色いベストを着たルーマニア人の青年がにっこり笑って配偶者の肩を抱き、握手していた。彼らが白いバンに乗っていつものように去って行ったあとで配偶者に聞いてみると、あの青年の妻は妊娠中でもうすぐ予定日ということだった。配偶者とルーマニア人たちはすっかり友達みたいになっているのだ。彼らの家には子どもが数人いるようなので、息子の服で処分するものがあったらあげようと配偶者は言った。

夕方、息子が学校から戻ってきたときに、小さくなった服があったらまとめろと配偶者が言っていることを伝えると、彼は「いいよ」と言って、自分の部屋のクロゼットを開けて服を出し始めた。

「いらなくなった服はこれに入れて」と黒いビニールのごみ袋を渡してわたしは階下に戻った。しばらくして息子の部屋を覗いて見ると、半分膨れたビニール袋の傍らに彼が黙って座っているので声をかけた。

「どうした？　疲れちゃった？」

「っていうか、いろいろ考え始めちゃって」

「何を？」

息子は戸口に立っているわたしを見上げながら言った。

「僕は自分のごみを誰かにあげようとしてるのかなって……、こうやってごみ袋にいらなくなった服だけ入れている自分のことをちょっと考えちゃって」

「ああ。……うしろめたい気分になっちゃったのか」

「だって、どうして買ったばかりのトレーナーとかスニーカーは袋に入れないんだろうって。ほんとうに誰かに何かをあげたいんなら、新品をあげるべきだよね」

「じゃあ入れたらいいじゃん」

「え。でも、このスニーカー、ずっと欲しかったんだもん……」

新しいスニーカーを握りしめた息子を見ながらわたしは言った。

『あげる』っていうのと『リサイクルする』ってのはまた違うと思うよ。今回は、たまたま誰が使うかを知っているから、『あげる』って感じになっているけど、例えば母ちゃんと一緒に慈善センターにリサイクルの服を持っていくときとかは、それを使う人が誰だかわからないし、不要なものを持ち寄ってシェアする、っていう考えしかないから、『あげる』とかそういうこと考えないでしょ」

「うん。あげてるって感覚はない」

「合理的なことをやっている意識しかないから、うしろめたさなんて感じないよね」

「確かに感じない」

「それに比べて一対一の『あげる』と『もらう』になると、ちょっとセンチメンタルなものがくっついてくるよね。だから『いいことをした』とか『いや、これは悪いことなのでは』とか考える」

「うん」

「でも引いた目線で見たら、これもリサイクルなんだから、不要なものは世の中に流せ、っていう、とりあえずその感覚だけでやったらいいんじゃないかな」

わたしはそう言って半分膨れたビニール袋の中を覗いてみた。

「それに、不要なものを社会に流すだけで『いいこと』だよ。それすら流せない人、けっこういるからね」

「ははは」と息子は笑った。物を溜め込む配偶者に対する皮肉だと受け取ったのだろう。とは言え、息子の言う「うしろめたさ」はけっこう深いところを突いている。

毎朝わが家の前からメタルがついた粗大ごみを拾い、配偶者の昔の職場の安全ベストを拾い、息子のベビー服を持って帰る人々は、わが家の不用品を活用する人々であり、マクロの構図で見ればわたしたちはリサイクリングの循環チェーンの中に組み込まれた人間たちに過ぎない。鉄くずはスクラップメタル業者に売られてそこからまたどこかの工場に搬入されて、何かの製造に使われるのだろうし、黄色いベストやベビー服は使用後また誰かに譲られるのかもしれないし、リサイクルの服置き場に持っていかれてアフリカの子どもたちに送られるかもしれない。不用品たちは遠くまで旅を続けるのだ。

しかしミクロにわたしたちのところだけを切り取れば、不用品を渡すのはわたしたちで、受け取るのは彼らだ。この狭いところだけを見れば「あげる」「貰う」の構図になって、確かに息子が言ったようなうしろめたさというか、感情的な居心地の悪さはある。だからこそ、じゃあどうして自分に必要な品は他者に渡せないのだろうという、ある種の道徳的というか感情的な問いも生まれるのだ。

ここは微妙なバランスが必要なところなのである。マクロに傾きすぎてもパサパサになるし、ミクロに傾きすぎても中2病になる。

と考えたところで息子はほんとうに中学2年生だったと気づいた。

あはは、言い得て妙だな、と変に感心して笑い出したわたしを怪訝そうに見ながら、息子は再びビニール袋の中に服を詰め始めたのだった。

循環と逆流

それから数日が過ぎ、わが家の前のスキップも3分の2以上が埋まった頃のことだ。ある夕方、近所に住む肉屋の大将がうちのドアをノックした。ちょうど車庫からごみを運んで来ていた配偶者がそれに気づき、大将のほうに近づいて行って何か話し込んでいる。

しばらくして、手袋を外しながら家の中に入ってきた配偶者が言った。

「近所で文句が出てるんだってよ」

「え、何が？」

「うちのスキップのこと。俺たちのとこに毎日来ているルーマニア人たちが、近所を回って、庭に停めてあった子どもの自転車とか、捨てるつもりがないものまで黙って取って行ってるって」

「それ、誰か見たの？」

「見たやつがいるんだって。コミュニティ・センター（公民館のようなもの）のパブで噂になっているらしい」

「……」

肉屋の大将は、どういう経緯でルーマニア人の家族がうちに来るようになったのかとか、いつ業者がわが家のスキップを引き取りに来るのかとかいうことを質問してきたらしいが、はっきりそうとは言わなくとも「彼らを来させるのをやめさせてくれないか」という近所の人々からの強い要望を言葉の端々に滲ませていたという。

さらに、子どもの世界はもっとあからさまだった。翌日、学校から帰ってきた息子は、近所に住む少女から文句を言われたと言った。

「うちのせいで毎日ルーマニア人が近所を荒らすようになったから、みんな迷惑してるって。彼らに鉄くず渡すのをやめて欲しいって言われた」

ほんとうに、いよいよ『ベネフィッツ・ストリート』みたいな展開になってきたのだ。

「『あなたのお母さんは中国人で、ルーマニア人じゃないよね、なのにどうして仲良くしているの？』とか言うんだよ」

「いや、むしろ仲いいのはわたしじゃなくて、父ちゃんのほうなんだけどね」

「うん。僕も彼女にそう言った。それと、母ちゃんは中国人じゃなくて日本人だって訂正しておいた」

と息子は鼻息を荒くしている。

「実際に庭に置いていたものがなくなったりしているのかな。それとも単なる噂なのかな」

「本当かもしれないし、そうではないかもしれない。わからないからこちらも適当なことは言えない」

「でも本当に被害が出ているのなら、ちゃんと警察に届けたほうがいいよね。言ってくる場所が違うんじゃないかな」

息子とわたしが話しているのを聞いていた配偶者が言った。

「明日の朝、ルーマニア人たちが来たら、単刀直入に聞いてみる。彼らが取りやすいように、俺が粗大ごみをスキップの脇に置くようにしたから、もしかしたら英国人は家の前に不要物を置く習慣があると思っているかもしれない。そう思って犯罪をおかしてたらまずいしな」

翌日の朝、いつものようにやって来た青年たちに配偶者がスキップの脇で話をしているのを、わたしは2階の窓から見ていた。それでなくともコックニー訛りが強くて外国人にあまり英語をわかってもらえない配偶者は、身振り手振りで何かを一生懸命に説明していて、3人の長身の青年たちがじっとそれを聞いている。

「やってないって言ってたよ」と家の中に戻ってきた配偶者は言った。

「ちゃんとあんたの英語、わかってたの？」

「1人はわかってた。何も取ってないって言っていた」

その翌日から、ルーマニア人の家族はぱったりうちに来なくなった。まだ片づけは終わっていないので、相変わらず配偶者がスキップの脇に鉄がついた不要物をよけておくのだが、彼らがそれらを取りに来ることはなかった。

「どうしちゃったんだろう」

配偶者が言うのでわたしは答えた。

「あんたが単刀直入にあんなことを聞いたから、気分を害したんじゃないの？」

「それか、うちに迷惑がかかると思って来るのをやめたのかもね」

と息子も言う。

「いや、俺はそういうつもりで言ったわけじゃないし、まだたくさん鉄のついた物があるから、これからも毎日取りに来いよって言ったんだけど……」

配偶者は心なしか寂しそうにしていた。結局、彼らはそれっきり鉄製の粗大ごみを取りに来ることはなく、建設機器レンタル会社がスキップを回収に来て、わが家のクリアアウトは終了したのだった。

しかし、うちの前庭からスキップが消えて数日が過ぎた頃、うちの前にまたあの白いバンが停まった。玄関のベルが鳴ったので、ちょうど学校に行くところだった息子がドアを開けると、ルーマニア人の青年の1人が黒いビニールのごみ袋を抱えて立っていた。

「グッド・モーニング」と青年は言って、その袋を息子に渡した。

急いでわたしもキッチンから出て行くと、ルーマニア人の青年がこちらを向いた。

「それ、何ですか？」とわたしが聞くと青年は答えた。

「ベビー服、いりません」

「どうして？」

「ベビーは生まれた。でも、死んでいました」

たどたどしい英語で青年はそう言った。

わたしと息子が絶句していると、朝食を食べていた配偶者も居間から出て来た。

「それは……、残念だったな……。ワイフは大丈夫か？」

「はい。いまはすっかり元気。スキップ、もうないですね」

と青年に言われて、配偶者が答えた。

「ああ、業者が取りに来たから。しばらく鉄のついたものは脇によけておいたんだけど、もう君たちは来ないと思って全部スキップに入れて渡してしまったんだよ」

「ＯＫ。サンキュー。サンキュー・ヴェリ・マッチ」

と青年は右手を差し出し、配偶者と握手してから、くるりと後ろを向いて白いバンのほうに歩いて行った。車の中から、黄色いベストの青年たちや高齢の女性がわたしたちのほうに手を振っている。

走り去って行くバンに手を振り返しながら息子が言った。

「だからしばらく来られなかったのかな」

「処分してくれてもよかったのにな」と配偶者が呟く。

「リサイクリングが逆流して戻ってきちゃったね」と息子がわたしのほうを見て言った。

ほんとうにマクロな視点で見れば、これは循環の逆流である。

けれどもミクロに見れば、それにはちょっとした感傷がつきまとう。

スキップも鉄くずも消えたうちの前庭が妙にがらんとして寂しく見えるのは、きっとそのせいだ。

2

A Change is Gonna Come

—変化はやってくる—

ニュージーランドのモスクで銃乱射テロ事件が起きたとき、アーダーン首相がスカーフをヒジャブ風に頭に巻いていた映像が話題になった。愛と思いやりの象徴のような姿と報じられ、多様性と連帯の重要性を示したと賞賛されたが、意外なところにアンハッピーな人がいた。

わたしのイラン人の友人である。

新鮮なサーモンを入手したので、サーモンちらし寿司をつくって日本食が好きな彼女を呼んで週末のランチとしゃれこんでいたときのことだった。スカーフを頭に被《かぶ》ったアーダーン首相がテレビに映っているのを見て、友人が言ったのである。

「物をよく知らない大学生が、また感傷的になってああいうことをやっちゃうのよね」

「大学生じゃないよ、彼女はニュージーランドの首相」

わたしが言うと、友人は驚いたように答えた。

「え。女性首相だってのは知ってたけど、あんなに若いの？　大学生かと思った」

「やっぱダメなの？　異教徒がヒジャブを被るのは？」

「異教徒とか、そういうのはどうでもいいんだけど」

友人はそう言って日本人顔負けの美しい箸さばきでサーモンの切り身を摑む。彼女はワインもけっこう飲むし、熱心なムスリムではない。それをよく知っているので、宗教的な問題ではないだろうとは思っていた。理由は別のところにあるのだ。

「この映像を見て気分を害しているムスリムや元ムスリムの女性はたくさんいると思う」

と彼女は言った。

「ヒジャブは女性への抑圧と差別のシンボルだから、一国のリーダーならよけいに被ってほしくない。大学生なら感傷的になってやっちゃうのもわかるけどね」

友人が帰って行った後で、息子がわたしに尋ねた。

「ヒジャブって、そんなにいけないものなの？」

彼は寿司や刺身は苦手なので、先にランチを済ませて居間の隅でスマホをいじっていたのだが、実はしっかりわたしたちの会話を聞いていたのだ。

「学校の先生は絶賛してたのに。『すばらしい決断だ、ムスリムの人たちはみんな心強く思っただろう』って……」

ヒジャブを抑圧のシンボルと言った友人は、ムスリムのフェミニストだ。彼女はもうヒジャブを被っていないし、大学生の娘にも被らせていない。彼女の言っていることがなんとなくわかるのは、わたしも日本で「九州のカトリック」だったからだろう。東京や大阪などに比べたらずっと土着の、コテコテに古い宗教上の習慣が残っていた九州では、女性はミサに行くときベールを被らなければいけなかった。

「すべての男の頭はキリスト、女の頭は男、そしてキリストの頭は神」「女はだれでも祈ったり、預言したりする際に、頭に物をかぶらないなら、その頭を侮辱することになります」と新約聖書のコリントの信徒への手紙には書かれている。どうして女の頭が男なのか、どうして女だけが祈るときに頭に物をかぶらなければいけないのか、ということに葛藤した覚えのあるわたしには、友人の心情は理解できた。

「イランでは、公共の場では女性はヒジャブを被らなければいけないことになっていて、うっとうしい、嫌だな、と思っても脱げないんだよ。女性にはそれを脱ぐ権利もあるって戦った人が投獄されたり、罰としてムチで打たれたりしている。だからヒジャブが平和のシンボルとか言われたら、『はあ?』って思う人もいるんだよ」

「そんなこと学校の先生は言わなかった……」

息子はショックを受けたような顔で聞いている。

「でも、ムスリムの人たちの中には、女性がヒジャブ被ってても別にいいんじゃない? と思っている人もたくさんいるし、そういう人たちにとっては、ニュージーランドの首相の姿は先生の言う通り心強かったかもね」

「こういう問題はさ、あれに似てるよね。母ちゃんが日本人だって言ったら、たまに胸の前で手を合わせてお辞儀する人いるじゃん。でも、日本人が誰かに会ったとき、あんな挨拶をする習慣なんてないよね。ただ彼らには日本人はああいう風にするっていう、ぼんやりしたイメージがあるんだ」

「……うん」

「間違ったイメージだよね」

「でも、いちいち『間違ってますよ』って説明するのも面倒くさいし、彼らは彼らでこちらに親しみを示すためにやってるんだろうなって思うから、母ちゃんなんかはそのまま笑って流す」

「母ちゃんは確かにそうだよね」

「でもそれは母ちゃんが、この人たちの日本への理解はこの程度だって諦めているからとも言える。でも、諦めない人たちもいるんだよ。あなたたちが本当に多様性や寛容さを大切にするのなら、ヒジャブとか手を合わせてお辞儀するとかで終わるんじゃなくて、その先に進んでくださいって。本当に日本の人は手を合わせてお辞儀しているのかとか、なぜムスリムの女性たちはヒジャブを被っているのかとか、その先にあるものをちゃんと考えてくださいってね」

テーブルに頬杖をついた息子が、しみじみと言った。

「よく考えることって大事なんだね」

「うん。まあ簡単に言えば、そういうこと」

「誰かのことをよく考えるっていうのは、その人をリスペクトしてるってことだもんね」

という息子の言葉を聞いて、なるほどなと思った。

フェミニスト的見地から、宗教的見地から、どうして白人女性がヒジャブを被るのかという批判はある。でも、気分を害した一部のムスリムの人々の怒りは、ほんとうは息子風に言えば「リスペクトされていない」と感じたからなのかもしれない。

そう考えると、わたしなんかは、ある意味でリスペクトされないことに慣れ過ぎて、手を合わせてお辞儀をされても怒らず、逆にありがたさとか感じちゃっているのかなと思った。

その先に進むこと。その先まで理解してもらうこと。そんな変化は、確かにこちらが求めなければ起こるはずもない。

ターバン母さんとの再会

息子の学校では、音楽部の恒例の春のコンサートの準備が進んでいた。12月のコンサートはクリスマスソングがテーマだが、春のコンサートは毎年テーマが変わる。これまでのテーマには「デヴィッド・ボウイ」や「映画音楽」などがあったが、今年（2019年）は

「ザ・ファンク・ソウル・ディスコ」がテーマだった。

コンサート前にはいちおう部内でバンドのオーディションがあり、それに合格しないとバンドとしては出演できない。息子のバンド（名前はまだない）のメンバーたちも熱心に練習を重ねてオーディションに臨んだが、あっけなく落ちた。リードヴォーカルのティムが、ギャングスタ風に歩き回りながらラップをがなっているときにギターのエフェクターのケーブルに引っかかってこけたからだと息子たちは信じているが、真偽のほどは定かではない。

そんなわけで、息子はまたもや部員総出のビッグバンド演奏にのみギターで参加することになり、テンプテーションズの「パパ・ウォズ・ア・ローリング・ストーン」だの、ウォルター・マーフィーの「ア・フィフス・オブ・ベートーヴェン」だの、ファンキーなナンバーを自室で毎日練習していた。

コンサートは、イースター休暇に入る前週、学校のホールで二夜連続で行われた。

「トリッキーなギターソロやんなきゃいけないから緊張する」という息子を開演時間の30分前に学校に送り、わたしもホールの入口脇の廊下で開店の支度をした。今年から、制服リサイクル隊が音楽部のコンサート会場でも制服販売を行うことになったのだ。

テーブルの上にリサイクルの制服を重ね、SとかMとかサイズを書いた紙をテーブルの縁にセロテープで貼っていると、早くもホールの扉の前に列ができ始めた。開演10分前にならないと扉は開かないが、音楽部員たちは30分前に来るように言われていたので、出演する子どもを送ってきた保護者たちが、そのまま列に並んで開場を待っているのだ。

列の中に何人か知っている顔を見つけ、「ハーイ」とか「久しぶり」とか世間話をしながら制服を並べていると、列の後ろのほうに見覚えのある家族が立っているのが目に入った。

鮮やかなオレンジとグリーンのロング丈のワンピースを着て、黄色いターバンを頭に巻いた女性と、その周囲に立っている子どもたち。去年、息子のクラスに転入してきたアフリカ系の少女の家族だ。黄色いターバンの母親の脇には、中折れのストローハットをかぶったダンディな黒人の中年男性が目の覚めるようなブルーのシャツを着て立っている。

それでなくとも黒人の少ない学校だから目立っているのだが、彼らのカラフルなファッションはそこだけ別世界のようだった。陰気な色彩の列の中で、そこだけ原色に輝いている。

梶井基次郎が丸善の棚に置いて来た檸檬《れもん》の色ってこんな感じだったんだろうかとふと思った。

じっと彼らを見ているわたしの視線に気づいたのか、ターバンの母親がこちらに近づいてきた。わたしは思わず視線を逸《そ》らし、テーブルの上の制服を意味もなく広げてまた畳み始めた。気まずい感じだった。去年、こんな風にリサイクルの制服を売っていたときに、ちょっとした言葉の行き違いで、彼女を怒らせてしまったことがあったからだ。

あれはちょうど息子たちのクラスで、アフリカを中心に行われているFGM（女性器切除）に関する授業が行われた直後だった。クラスの女子たちが、彼女の娘も家族からアフリカに連れて行かれてFGMを施されるのではないかとかいう無責任な噂を流し始めたのである。

そんなときにわたしが「どこか休暇《ホリデイ》に出かけるんですか?」と聞いたものだから、彼女が「アフリカには帰らないから、安心しな」と吐き捨て怒って帰ってしまったのだった。そんなつもりで口にした言葉ではなかったとは言え、わたしの心にも暗いしこりが残った。あれ以来、彼女と顔を合わせたことはなかったのである。

だから、彼女が拍子抜けするほど明るい声で「ハロー」と言ってきたときには虚を突かれた気分になった。

「ハロー。お元気ですか」

こちらも気を取り直して挨拶すると、彼女はテーブルの上の制服を手に取り、

「体操服はこれだけしかないの?」

とわたしの脇に立っているリサイクル隊の母親の1人に話しかけている。

彼女にとっては、わたしはリサイクルの制服を売っている母親の1人に過ぎないのだし、ひょっとするとあの頃、似たような経験は他にもあったのかもしれない。時は進むし、人も進む。そもそも先方はわたしのことなど覚えてないかもしれないし、と思いながら、別の保護者の相手をした。そしてその保護者から代金を受け取り、売れた制服をビニールの袋につめていると、うつむいて制服を物色していたターバンの母親がいきなり顔を上げて話しかけてきた。

「あんたの息子、ギターうまいんだってね。娘が言ってた」

またもや不意を突かれて動揺しながらわたしは答えた。

「そんな、特別うまいってこともないと思います。音楽部の子はみんな楽器が上手だから」

「うちの娘も音楽部に入ったんだ」

「そうなんですか。何の楽器を弾いているんですか？」

「うちの娘は歌。シンガーさ」

彼女はそう言ってリサイクル隊の母親の1人に何枚か選んだ制服を渡し、財布から硬貨を数枚取り出して渡した。

「みんな一生懸命に練習してきたんだから、きっといいコンサートになるよ。じゃあね」

彼女が制服の入ったビニール袋を下げて歩き去って行ってから、彼女に制服を売ったリサイクル隊の母親が言った。

「彼女の娘、音楽部に入って以来学校に来るようになったから、コンサートが嬉しいんだろうね」

「え？」

「知らなかった？　彼女の娘、去年の夏に編入してきたんだけどなかなか溶け込めなくて、女子たちに仲間外れにされて、学校に来なくなっちゃったの。教員や生活指導員が何度も家庭に行ったりして働きかけたけど、来たり、来なかったりで……。転校させる話も出ていたらしいけど、校長の勧めで音楽部に入って、それから毎日学校に来るようになったらしい」

彼女はＰＴＡの役員もしているので、こういうことをよく知っているのだった。

「うちの息子と同じクラスなんですけど、全然そういう話をしてなかったから、知りませんでした」

わたしはそう言ってくすんだ色の列の中でひときわ明るく目立っている原色のファミリーに目を向けた。女生徒が配布しているコンサートのプログラムを受け取ったターバンの女性が、中を開いてにこにこ笑いながら眺めているのが見えた。

音楽部のソウル・クイーン誕生

コンサートが始まり、遅れてきた保護者たちもすべてホールに入って行ったと思われる頃、一緒に制服を売っていた母親に「息子さんを見てきていいよ」と言われたので、わたしもこっそりホールに入った。リサイクル隊の別の母親コンビが販売を担当することになっている2日目のチケットを買っていたのだが、演奏中は誰も制服を買いに来ないので、廊下にただ立っていても暇なのだった。

後方の隅っこに空いた椅子を見つけて座ると、ちょうどビッグバンド（要するに部員全員）がアーサー・コンリーの「スウィート・ソウル・ミュージック」を演奏している最中だった。ギターのメンバーたちが座っている列の中央で、息子もギターを抱えてちんまりと座り、神妙な顔つきで弾いている。周囲の子たちに比べて、彼のギターだけやけに大きく見えた。

曲が終わると、シスター・スレッジの「ウィー・アー・ファミリー」が始まり、次はダスティ・スプリングフィールドの「サン・オブ・ア・プリーチャーマン」へと曲が移り変わる。ビッグバンドの後ろにはひな壇が設置され、音楽部のコーラス隊のグループが20人ぐらい立っていた。その中からリードシンガーが1人ずつ交代でステージの最前方に降りてきてはマイクの前に立って歌った。降りてくるのはみんな大人っぽい化粧を施した上級生の少女たちばかりだ。ソウルやR&Bの影響を受けたポップソングがヒットチャートを席巻する時代に育ったティーンらしく、みんなアデルやエイミー・ワインハウスを髣髴《ほうふつ》とさせる歌唱法で、どの子も美声の持ち主だった。

出演者の服装は黒と白のモノトーンでまとめるように言われていたので、みんな黒いパーカーや白いポロシャツ、Tシャツなどを着ているが、コーラス隊の中に1人だけ襟元に花びらのような大きなフリルがついたブラウスを着た少女がいた。まるで花の中央から顔が出ているような華やかなデザインだ。だが、彼女が目立っているのは服のせいだけではない。コーラス隊もビッグバンドもみんな合わせて、ステージに立っている黒人の生徒は彼女だけだった。だから、すぐに彼女がターバンの母親の娘だということがわかった。

少女が合唱に加わっている姿を見るだけで、もううまいことがわかった。体の揺らし方、頭の振り方、そして指揮者の先生を見ている目つきがすでに周囲の子とは違うのである。交代でソロを歌っているのはみんな上級生だから、息子と同じ学年の彼女がリードを取ることはないかもしれないが、実はこの子が一番うまいんじゃないか。

と思っていると、エイミー・ワインハウスの「ヴァレリー」の演奏が終わった後で彼女がひな壇から降りて来た。司会の副校長がマイクを取って、ステージの端に立つ。

「次は時代を遡り、ちょっと静かな曲を聴いていただきたいと思います。サム・クックの有名な曲で、公民権運動のアンセムとなり、現代にいたるまで、社会をより良い場所に変えようとする人々に影響を与え続けてきた作品です。もちろん、その曲は『ア・チェンジ・イズ・ゴナ・カム』です」

そう言って副校長が曲を紹介すると、ヴァイオリン担当の子たちがイントロを弾き始め、ブラス隊も立ち上がった。ビッグバンド・ヴァージョンの伴奏だ。その前方ど真ん中で、ターバンの女性の娘が、マイクスタンドを握りしめて歌い始めた。

「私は川のほとりで生まれた　小さなテントの中で　そしてそれ以来　ちょうどあの川のように　私も流れ続けている」

ものすごい声だった。12歳や13歳の少女の歌じゃない。驚くほど成熟した、アレサ・フランクリンみたいにブルージーで暖かい声だ。

「長い時間　ほんとうに長い時間がかかった　でも私は知っている　変化はやってくる　必ずやってくる」

いい気分でリズムを取りながら演奏を聴いていた会場の人々のムードが一変していた。少女の歌がぶっ飛ぶほどうまかったからだ。みんな真顔になって吸い込まれるようにステージを見ている。

「映画館に行っても　街に出ても　いつも誰かに　この辺をうろつくなと言われる　長い時間　ほんとうに長い時間がかかっている　でも私は知っている　変化はやってくる　必ずやってくる」

小さな体のどこから出てくるのかと思うようなパワフルな声で少女は歌い続けた。ビッグバンド演奏も霞むような迫力だ。これは教会のゴスペルで鍛えた声だなと思った。彼女の前に歌ったミニチュアのアデルやエイミーたちとは、ちょっとシンガーとしてのレベルが違う。

「もうやっていけないと思ったこともあった　でもどういうわけか　いまは信じている　私はやっていけるって　長い時間　ほんとうに長い時間がかかった　でも私は知っている　変化はやってくる　必ずやってくる」

演奏が終わると、物凄い拍手が起きた。ティッシュを出して涙を拭いているお母さんや、黙って胸に手を当てているお父さんもいる。歓声を上げる人も、口笛を吹く人もいない。それは割れんばかりの、でも静粛な拍手だった。

副校長が再びマイクを持ってステージの袖に出て来た。彼は両手を広げて拍手を抑えるような仕草をし、それが収まるのを待ってから言った。

「このような歌がソウルと呼ばれるのは理由があることなのです」

確かに彼女の歌こそソウルだった。また拍手が湧き起こり、それが鎮まるのを待って副校長が言葉を続けた。

「この曲を作ったのはサム・クックですが、彼にインスピレーションを与えたのはボブ・ディランでもありました。ボブ・ディランの『風に吹かれて』というプロテスト・ソングを聞いたサム・クックが、それに大いに触発され、自分もこのような歌を書くべきなのだ、書いてもいいのだ、と思って作った曲が『ア・チェンジ・イズ・ゴナ・カム』です。そのことを我々は覚えておくべきだと思います」

副校長は一度も「黒人」「白人」という言葉を使わなかった。けれども、白人のボブ・ディランが人種差別に抗議する曲をつくり、それに黒人のサム・クックが触発されたという、人種の垣根を超えたインスピレーションについて語っているのは明らかだった。

三度目の拍手はなかなか鳴りやまなかった。小柄なソウル・クイーンはすでにひな壇に戻り、コーラス隊の1人になってそこに立っていた。


コンサートが終わる前に廊下に出て、リサイクルの制服の出店に戻った。最後の曲の演奏が終了し、ドアが開くといっせいにホールから人々が出て来て、出口のほうに流れて行く。ターバンを巻いた女性とその家族のカラフルな一団も出て来た。出店の前を通り過ぎて行

くとき、彼女と目が合ったので、

「娘さん、とんでもないシンガーですね。びっくりしました」

と言うと、周囲を歩いていた人たちも、

「あれはすごかった」

「ぶっちぎりで今夜のベスト」

「涙が出た。いいものを聴かせてもらいました」

と口々に少女の歌を絶賛した。

「みんな上手だった。みんなで一緒に練習して、みんなでベストを尽くしたからいい演奏になったんだ。あの子はみんなの中の１人に過ぎない」

ターバンの女性はきっぱりとそう言い、満面の笑みを浮かべて廊下の向こう側に手を振った。

白い花びらみたいなフリルのブラウスを着た少女が、数人のコーラス隊の女子たちと楽しそうに喋りながら控え室から出て来たからだ。

あの子はみんなの中の１人。

それは謙遜の言葉ではなく、ターバンの女性にとってとても重要な言葉なのかもしれないと思った。彼女たちも、長い時間はかかったが、ここまで来たのだ。

3　ノンバイナリーって何のこと？

期末試験の2日目、息子がいつになく沈み込んだ顔で学校から帰ってきた。

「どうしたの？」

と聞いてみると、

「数学のテストでしくじった」

と言う。数学は彼が（演劇と音楽とシティズンシップ・エデュケーション以外で）もっとも得意な科目なので、失敗したのはショックだったとしても、ここまで落ち込むことはないんじゃないかと思っていたが、答案用紙が戻ってきたら本当にけっこうひどかった。

「衝撃を受けた？」

息子はおずおずとわたしに聞いた。

「こりゃちょっと悪いね。でも、音楽部のコンサートの練習とか、水泳大会の準備とか、今学期はいろいろ忙しかったもんね。いいんじゃない？　たまにはこういうこともあるよ」

わたしはそう答えておいたのだが、配偶者はこれを軽く流さなかった。

「なんだ、これは！　ジョークみたいな点数じゃないか。どういうことなんだ!?」

頭ごなしに怒鳴るので、わたしまでびっくりして階下に降りた。息子の学業のことについて彼がこんなに怒ったのは、記憶する限り、見たことがない。

「いちおう試験前に勉強してたじゃないか。それで、これなのか？」

「今回は、いつも苦手な科目に集中したから、あんまり数学の復習してなくって……」

「おいおい、なんだ、その理屈は？　勉強する時間ってのは、一定の大きさのパイを切り分けるようなもんじゃねえだろ。苦手な科目をたくさん勉強したから、数学を勉強する時間が減るってのはデタラメな理屈だ。だったらパイそのものを大きくしろよ。勉強する時間そのものが足らないからこんな点数を取るんだろ」

大きなダミ声で叫ばれて、息子は下を向き、涙をためている。

だいたい、まるで自分が子どもの頃にめちゃくちゃ勉強したような言い方をしているこの人は何なのだろう、みたいな醒めた目つきで見ているわたしに気づいたのか、配偶者は声のボリュームを落とした。

「俺だって、もちろん人のことは言えない。俺は勉強は嫌いだったから、定期試験なんて適当だったし、成績も悪かった。だから、俺がいまどうなっているか見てみろ。ガタが来ている体に鞭打って一晩中ダンプを運転して、スズメの涙みたいな賃金しかもらえない。お前には、俺みたいになってほしくないから言ってるんだよ。頼むから、俺みたいにはなるな」

むっつりテレビのほうを向いた配偶者の後ろで、息子がぽろぽろ涙をこぼしていた。

ふっと40年前に連れ戻された気がした。わたしの親父も、まったく同じことをわたしに言っていたからだ。

俺のようになるなよ。

この台詞は、ユニバーサルに、そしてタイムレスに、労働者階級の父親が子どもに説教するときの決まり文句に違いない。

あんたのようになろうが、なるまいが、わたしの自由だろ、ボケ。

反抗的なティーンだったわたしは、そんな気持ちを込めて親父を睨んでさらに怒らせたり、実際にそう口にして炬燵《こたつ》の天板を投げられたこともあった（昭和は『寺内貫太郎一家』の時代だったのだ）。

しかし、息子は性格的に違う。とぼとぼと無言で階段を上がって行ったので後を追うと、真っ赤な目をしてベッドに腰掛けている。

「あんなの気にしなくていいから。『俺のようになるな』なんて、まったく説得力ないじゃん。彼らはそれがわかってない」

自分の親父のことを思い出していたので、つい「彼ら」と言ってしまっていた。

「そうじゃないんだ、……そうじゃなくて……」

息子がまた涙をあふれさせているのでわたしは彼の脇に座って背中をさすった。

「『俺のようになるな』って、そういうことを子どもに言わなくちゃいけない父ちゃんの気持ちを考えると、なんか涙が出てきちゃって……」

「……父ちゃんが、かわいそうになっちゃった？」

「いや、かわいそうっていうか、そういうんじゃない。ただなんか、あのシチュエーションは悲しかった。言ってる父ちゃんも、言われてる僕も、悲しい」

「労働者階級のもののあわれ」みたいな感覚がこの年齢でもわかっているんだなと思った。ティーンの頃のわたしは、その覇気のなさっていうか辛気臭さがどうにも嫌で、反抗することか脱出することしか考えてなかったが、息子は違う感性を持っているのだ。彼がわたしの親父に妙になついているのもきっとこの辺が関係しているのかなと思った。

手の甲で涙を拭っている息子にわたしは言った。

「悲しい、悲しい、って言っててもしょうがないから、なんか食べる？」

息子はこちらを向いて、

「でも、父ちゃんが反省が足りないって言うかも」

と心配そうにつぶやいた。

「反省しててもお腹は空くし、ものは食べるんだよ。父ちゃんがとやかく何か言って来たら母ちゃんが叱り倒す」

「……じゃあ、何か食べようかな。……父ちゃんも、一緒に」

息子が気を遣って言ったので、わたしは答えた。

「いいや。父ちゃんには何もやらない」

二つのレノン問題

翌日、息子が音楽の試験の答案を持って帰ってくると、今度はわたしが衝撃を受ける番だった。そこには信じがたいミステイクが記されていたからだ。

「ええええええっ。あんた、ジョン・レノンの名前を間違ったの？」

「だって、そう書いちゃったんだもん」

「ニール・レノンって誰なのよ！」

「セルティックの監督（2019年当時）。なんかごっちゃになっちゃって」

自分の息子がジョン・レノンの名前を間違えたという事実にわたしはとっさには対峙できなかった。12年間の養育法はすべて間違っていたのかとさえ思った。

「彼の名前さえ間違わなかったら満点だったんだけどね。おかげで2か所も減点されちゃった」

ダメ押しのように息子が言った。「ビートルズの全メンバーの名前を挙げよ」という質問と、「このうち、曲作りのコアとなっていた2人のメンバーは誰か」という質問で、どちらもニール・レノンと書いてしまったために（他のメンバーの名前はすべてスペルまで完璧なのに）点数を引かれている。

ブルースの発祥地や歴史に関するちょっとトリッキーな質問や、ドラムやギターのパーツの名前などにも完璧に答えているにもかかわらず、あろうことかジョン・レノンでしくじったのだ。

しかし、このミステイクには配偶者は寛容で、

「ちょうどセルティックの試合をテレビで見たばっかりだったしなー」

とか呑気に言っている。

「でも、この名前だけは間違っちゃいかんでしょう！」

「ま、今回間違ったから、もう二度と間違うことはないだろ。たまにはあるさ、こういうことも」

前回の数学のテストのときとわたしたちのスタンスは真逆になっていた。

しかし、見方を変えれば、英国の子どもはジョン・レノンの名前を間違える世代になっているということなのだろう。音楽好きが高じて英国にやってきたわたしのような旧世代の日本人にとっては、こんなゴッドの名前を間違う人間がいていいのか、と思うが、いまどきの子どもたちにしてみれば、そんなものは試験前に覚えなければならない人名の一つに過ぎないのだ。

「レノンって、苗字もあるけど、名前に使われる場合もあるでしょ。それでまた一瞬迷って、あれ、どっちだったかなって考えてるとよけい頭が混乱してきて……。学校にレノンって呼ばれている先生もいるからね」

「レノンって、もしかしてあの、例のノンバイナリーの先生か」

配偶者がそう言うと、息子が頷いた。

「そう。たぶん本当の名前はレノンじゃないと思うんだけど、そう呼ばれることを望んでいるから、レノン」

「他の先生みたいに、ミスターとかミスとかつけなくて呼び捨てでいいのか」

「だって、つけたらノンバイナリーじゃなくなるでしょ」

「そりゃそうだな」

配偶者は先日から興味津々でこの教員のことを息子に聞いているのだった。

息子の学校にはノンバイナリーの教員が2人いる。英国では人気シンガーのサム・スミスがノンバイナリーであることを発表したりして大きな話題になったが、「第三の性」とも表現されるこの言葉は、男性でも女性でもない、性別に規定されない人々のことを表す。

息子の学校はLGBTQの教育に力を入れていて、レインボウカラーのネックストラップを下げた教員に子どもたちが相談できるようになっている。校長自らレインボウカラーのストラップを下げて歩いているし、それは当事者というより、この分野について研修を受けるなどして専門の知識を持っている教員たちを示すための印だ。そのチームにはノンバイナリーの教員たちも入っていて、彼らは科学や美術といった通常の教科を教えているが、自分が担当するクラスの子どもたちには、自分は男性でも女性でもないということや、生徒たちにどう呼ばれたいかということを最初の授業で説明するという。

「でも、『he』とか『she』とかで呼ばなきゃいけない場合はどうすんだ？」

「極力、代名詞にしないで名前で呼ぶとか。そうできない場合は……」

「『it』か？　赤ん坊の性別がまだわかんないときはそう呼ぶもんな」

「いや、ノンバイナリーの先生たちは『they』って呼ばれたいんだって。最初の授業でそう言ったよ」

「でも『they』は複数だろう。複数じゃないものを複数みたいに呼んだら、何かと混乱するんじゃないか？」

「みんなわかってそう言ってる分には、混乱なんかしないでしょ。父ちゃんは、例えばどんなケースを想定しているの？」

「だって小さい子どもとかは……」

まるで意識の高い若者と時代の変化の速度についていけないおっさんのような2人の会話を聞きながら、ふと思った。配偶者は、これでもゲイの友人が多いほうで、例えばわたしたちが二十数年前に結婚したとき、登記所での式にたくさんの同性愛者たちが出席してくれた。

ところが、おもにロンドンからやって来た彼の幼なじみの労働者階級のおっさんたちは、みんなマッチョな気風の人々なので、式の後にパブでパーティーをやったときも、彼らと不自然な距離を取っている感じだった。そこに行くと配偶者は、そうした偏見がない気さくな性格なので、同性愛者の人々ともふつうに友人づきあいができる。だから、そんな自分のことを「俺はけっこうリベラル」と思っていたに違いないが、ノンバイナリーの概念はうまく飲み込めないようで、いつも息子を質問攻めにしているのだった。

「大人たちの言葉を聞いて言葉を覚えている小さな子どもとかは、確かに混乱することもあるかもね」

「だろ？　俺は『they』はおかしいと思う。1人しかいないときは1人だろ、やっぱり」

「うーん。理想的には、『he』でも『she』でもない呼び名があったらいいんだけどね」

「ああ、米国ではすでにあるらしいよ。『ze』とか『ve』とか。前にテレビでやってた」

わたしが口をはさむと、配偶者が怪訝そうな顔で言った。

「もう新しい言葉までできてんのか」

「新しい言葉は常に生まれ続けるからね」

とわたしが言うと、息子も頷いた。

「将来的には、人と人が出会うときに、自分はどの代名詞で呼ばれたいかってみんなが言い合う時代になるんじゃないかな。ノンバイナリーの先生がそう言ってたよ」

「そしたら、みんな勝手に呼ばれたい代名詞を作り出して大変なんじゃないか？　いくつ覚えても次から次に出て来て」

「最終的にはノンバイナリーの代名詞ってことでどれか一つになるんじゃないの？　わかんないけど」

ウザそうに答えた息子の言葉を聞いて、わたしは言った。

「けどさ、それぞれが勝手に自分の代名詞を決めるってのもなんか面白そうだよね。わたしは『kie』って呼ばれたい、とか、僕は『gee』がいい、とか。ははは、想像すると楽しそう」

「そんなことしたら社会は大混乱だろ、誰を何と呼べばいいかわからなくて会話が成り立たないし、そんなにたくさん代名詞を覚えられるわけがない。人間の記憶力には限界ってものがあるんだ」

「どうしてそんな風に限界があるって思うの？　勉強する時間のパイも大きくできるように、脳のパイも大きくできるって考えないと、老化が進む一方だよ」

わたしが言うと、息子は笑いをこらえるようにして静かに階段を上がって行った。配偶者はむっつり眉間に皺を寄せてリモコンでテレビのスウィッチを入れ、わたしもそそくさと仕事部屋に退散することにした。リヴェンジ・イズ・スウィート。

父ちゃんだって、どちらとも言えない

制服リサイクリングのボランティアを仕切っているミセス・パープルが、わたしが家でほつれや綻びを直した制服を受け取りにやって来た。他の母親たちは車が運転できるので自分で学校に制服を持って行けるのだが、わたしは運転できないので彼女がいつも取りに来てくれる。

ティーをいれるといつものように雑談になり、実はもうすぐリサイクリングのボランティアグループの運営から彼女は手を引くつもりだと聞かされた。最近は制服リサイクリングの寄付もボランティア希望の保護者も増えた。保護者たちが自律的に動いてネット販売も始めたばかりだし、もう教員が仕切る必要もないだろうと考えたそうだ。

公立校の教員の仕事の増え方は尋常ではないと聞いているし、確かにそろそろ本来の仕事に専念してもらってもいい頃だよな、と思いながら話を聞いていると、そうではなく、実は新しい活動を始めるのだという。

「生理用のナプキンをいつでも女子生徒たちに配布できるようにしたい」

と彼女は言った。3月の国際女性デーの時期に、生理用品メーカーと慈善団体が協賛で、フリーミール（給食無料）制度の対象になっている生徒たちが一定数いる学校に生理用品を寄付した。息子たちの学校でも、女子トイレのそばの廊下にラックを設置し、寄付された生

理用品を置いたところ、あっという間になくなり、補充してもまたすぐになくなって在庫を数日で使い果たしたらしい。女子生徒が生理用品を買えないために学校を病欠したり、制服を汚していじめられたりする問題は「ピリオド・ポヴァティ（生理貧困）」と呼ばれて社会問題にもなっているが、息子たちの学校でも想像以上に困っている女子たちがいるようだ。彼女たちが生理の心配をせずに学校生活が送れるよう、生理用品を常時配布できるように慈善団体や保護者たちと協力しながらシステムをつくっていきたい、とミセス・パープルは言っていた。

彼女は、貧困の問題にとても熱心な教員なのだ。これまでもずっと貧しい家庭の子どもたちを助けるためにいろんな活動を立ち上げてきた。また彼女の新たな仕事が始まるのかと思った。

雑談の中で、笑い話のように、最近ノンバイナリーの教員たちについて息子を質問攻めにする配偶者がウザがられていることを話すと、彼女はこう言った。

「第三の性は、正直、そんなに単純化して教えていいものかと疑問視している。トランスジェンダーの友人がいるけど、彼女は男性として生まれても、自分のことをずっと女性だと思ってきたし、女性らしいものが好きで、誰よりも女性らしくありたいと思っている。男性でも女性でもないと思っているわけではないから。いろんなタイプがいるから、ノンバイナリーだけに重点を絞って教えるのもどうかなって個人的には思ってる」

懐疑的な口調に少し驚いていると、彼女は続けた。

「芸能人が自分はノンバイナリーだって言ったりして、ちょっと今、ヒップな話題になってる感じもあるからね。だから子どもたちも興味を持つし、導入しやすいというのもあるんだろうけど。でも、むかしからある地味な貧困の問題とか、そういうことにも子どもたちの意識を向けるような時間をつくってほしい。そっちで切実に苦しんでいる子どもの数のほうが、うちの学校は多いと思うから」

そう言われてみれば、ミセス・パープルはレインボウカラーのストラップを首から下げていないのだった。

社会活動に熱心な教員たちにも、それぞれの持ち場があるというか、みんな考え方も、優先順位も違うんだなという当たり前のことに気づいた。誰のやっていることが正しいとか、誰の活動のほうが重要というわけでもない。互いを少し批判したり、疑問視したりしながらでも、それぞれの持ち場でやっていく。これもまた多様性なのだろう。いろいろと違う考え方を持ち、いろいろ違う活動をしている先生たちがいるからこそ、それぞれ違う個性や問題を抱えた子どもたちに対応できる。多様性のある場所は揉めるし、分断も起こるが、それがある現場には補強し合って回っていく強さがある。

ノンバイナリーにしろ、ピリオド・ポヴァティにしろ、こういうトピックは、ふつう新聞やニュースで見るだけの事柄（わたしなら見て書くだけの事柄）で終わりがちだ。しかし、ティーンの子どもがいると、そういうことが日常的に食卓の会話にあがってくる。

そんなわけで、第三の性の次にわが家の食卓の話題にのぼったのはパレスチナ問題だった。イスラエルとパレスチナの問題をニュース番組で取り上げていたとき、息子が、パレスチナ人の少年が同じ学年にいると言ったのである。北部の学校に通っていたのでリヴァプール訛りが強いことを除けば、特に目立つ子ではないらしい。

「でも、僕はイスラエル人をぶっ殺してやりたい、って言うんだよね」

これを聞いたときにはわたしもけっこう驚いた。だが、息子はそんな少年のことをこう観察していた。

「彼は英国で生まれて英国で育ったみたいだから、家族から紛争について聞いている可能性はあるにしても、それほど強い感情を持っているのかな。もしそうだとしても、そんなことを人前で何度も言う必要はないでしょ。なんていうか、言い方があまりにも軽々しいというか、どうでもいいような場面でそういうヘヴィなことをすぐ口にするんだよね」

「どうでもいい場面？」

「うん。ふつうに食堂でランチ食べているときとか」

「どういう風に？」

「楽しそうに友達とかと喋りながら、周囲に聞こえよがしに大きな声で」

息子がそう言うと、先に食事を終えてソファにふんぞり返って新聞を読んでいた配偶者が老眼鏡をあげてこちらを見た。

「ちょっとカッコつけてる感じっていうか。うまく言えないんだけど、彼は自分を強く見せるために、パレスチナの紛争のことをアピールしてるんじゃないかなって。だから、彼がそういうことを言うと、みんな『またか』って感じになって、顔を見合わせて笑ってる子たちもいる」

「ちょっと自分を大きく見せようとしてるのかもな」

配偶者が会話に入ってきた。

「おめえらもホルモンが荒ぶる年齢になってきたんだな」

パレスチナ人の少年の話は、わが家の食卓では青春とホルモンの問題に還元されてしまっているのだったが、これにしても、こういう語られ方は不謹慎なのかもしれないし、息子の同級生や学校側も、もっと真剣に受け止めるべき問題なのかもしれない。だが、配偶者は続けた。

「むかしからそういうのはある。俺がティーンの頃は、英国人をぶっ殺したいってイキがるアイルランド人の少年たちがたくさんいた時代だった」

配偶者はそう言うと、読んでいた新聞を閉じた。

「ＩＲＡが暴れ始めた時代で、俺はアイリッシュが多いロンドンのカトリックの中学に行ってたから、そういうマッチョな男子生徒がいっぱいいた。そういう点では、俺はほら、あれだったな。お前が言ってた、ノンバイナリー。俺はだいたいアイルランドに住んだこともないんだから、アイルランド人でも英国人でもないし、信仰熱心じゃないから、カトリックでもプロテスタントでもない。どっちにも属さない。別にジェンダーの話だけじゃないんじゃないの？」

「……父ちゃん、いまなんか、ちょっと深いこと言ったね」みたいな顔つきでフォークを握りしめている息子をちらっと見てから、配偶者はまた新聞を広げて老眼鏡をかけた。

老化が進むとかおちょくって悪かったかなと思った。

一本取られた、とまでは思わないが今回はまあそういうことにしてやってもいい。

4 授けられ、委ねられたもの

英国政府は2019年度予算から緊縮財政の手を緩めると発表していた。が、地べた社会にはその兆しはいっこうに感じられず、政府のドケチ感は高まるいっぽうである。

たとえば、わが元公営住宅地である。ここにはむかしから郵便局（民営化されてからはインド人の大将が経営する雑貨屋の一部）やフィッシュ&チップス屋、カフェ、パブ、中華料理店、学校、コミュニティ・センター、NHS（国民保健サービス）の診療所などがあり、「ゆりかごから墓場までの福祉国家」と英国が呼ばれた時代に作られた「文化的コミュニティとしての公営住宅地」の跡を感じさせる街だった。

しかし、数年前に、このコミュニティの重要な核を成していた公的インフラがなくなった。図書館が閉鎖になったのである。

一口に図書館と言っても、貧者の街ではそれは単に本を借りる場所ではない。年金生活者対象の読書会、乳幼児と保護者対象の読み聞かせ会、地域の学童たちのための放課後宿題クラブなど、まさにコミュニティのハブとなる役割を果たしていた。それが閉鎖になり、その代わりにコミュニティ・センター内に図書室ができたが、これがなぜか幼児とその保護者に開放されているプレイルームの一角にあり、段ボール箱が並べられて絵本が中に入れてあるだけ、という体たらくだ。

元図書館は閉鎖されたまま放置され、前庭の草が伸び放題になっていたが、その荒れた元図書館の建物を利用し、新たな施設が作られることになった。元図書館を、ホームレスの状態にある人々のシェルターにするらしいのだ。コミュニティ・センターでその説明会と質疑応答の場を設けるという地方自治体からの通知が、界隈《かいわい》の家庭に届けられた。

わたし自身は、地元にシェルターができるから云々ではなく、図書館がホームレスのシェルターになるという、ここ数年の英国を象徴するような事実に衝撃を受けた。なにかもう文化的なものはすべて排除して、「食うや食わず」のギリギリのところにしかカネを出さない政治の在り方を、こんなにあからさまに見せられていいのかと思った。

「あまりにも人をバカにしている」

手紙を見て思わず口走ったわたしのほうをじっと見ていた息子は、その翌日、学校から帰ってくると、同級生の間でもこのことが大きな話題になっていると言った。

「シェルターのことで親が怒ってるってみんな言ってた。賛成の意見は聞かなかったな」

聞いてみれば、怒っている保護者たちのほとんどは、わたしのような緊縮財政への怒りというより、物理的に近所にシェルターができるということに激しているそうで、その隣がパブであり、向かいは小学校であるという位置的な問題を特に危惧している保護者が多いという。

「ホームレスの人たちってアルコール依存の人たちが多いの？」と息子が聞いて来たのでわたしは答えた。

「統計的なものはいま手元にないからわからないけど、ストリートに座ってる人たちの中には、ビールの缶とか脇に置いて飲んでる人もいるから、そういうイメージができているのかも」

「シェルターの隣がパブなんて、飲めって言ってるようなもんだってオリバーのお父さんは怒ってたみたい」

「……」

小学校の近くにシェルターができることに反対している人の主張もだいたい想像がつく。彼らがいつも言っているのは、酔っ払いが児童を危険な目に遭わせるのではないかとか、何か妙なことを子どもにする人もいるのではないかとか、そういうことだからだ。

「あと、近所にホームレスのシェルターができると、家の値段が下がるから困るって言ってる人たちもいるみたい」

息子はそう付け加えた。

「母ちゃんは説明会、行くの？」

と聞かれて、わたしはちょっと考え、そして頷いた。忙しい時期だったので行くつもりはなかったのだが、彼の友人の親たちはみんな出席すると聞かされると行かざるを得ない気分になったからだ。

説明会は平日の夜に予定されていた。コミュニティ・センターの部屋に入ると、すでに50人ぐらいの人々が椅子に腰かけていて、地方自治体の福祉課から説明に来た金髪の若い女性が前方に立っていた。

その若い女性は、パワーポイントで作ってきた資料をホワイトボードに映しながら、図書館がシェルターに改装されたときの想像図や、工事にとりかかる日程や完成予定、宿泊することになるホームレスの人々の数や期間、スタッフの人数や勤務形態などを説明していった。質疑応答の時間は最後に設けられていたのだが、彼女が説明するそばから、地元の人々は次々と大声で質問を浴びせる。

「どういう状態にあるホームレスが宿泊する施設なの？　依存症の人たちも来るんでしょ？」

「うちの子の身に何か起きたら、あんたたちはどう責任を取るつもりなんだい」

「ブライトンには閉鎖になってそのまま放置されている公共のインフラが他にもある。よりにもよって、小学校とパブのそばにシェルターを作るなんて最悪じゃないのか」

「もっと学校や診療所なんかがない、ふつうの住宅街の中に作ればいいのに、なんであたしたちの街なの？　ふつうに考えて、おかしいんじゃないの」

こうした言葉を投げている人々の中にはよく知っている顔もいた。そして、ふと、後方の窓際の椅子に意外な人物が腰かけているのに気づいた。息子の友人のダニエルの父親がなぜか、そこにいたのだ。

ダニエル一家は少し離れたところにある瀟洒《しょうしゃ》なミドルクラス風の住宅街に住んでいる。それなのに、なぜここに？　と思っていると、そのうちダニエルの父親まで立ち上がり、前方の金髪の女性に言葉を浴びせかけた。

「元公営住宅地だからシェルターを作るんだろう。ふつうの住宅街に作ったら、住宅の値段が下がるとか言って反対されるけど、ここならそんなことはないと思ってるんだろう」

その言葉に触発されるように、住民たちの言葉がいよいよ荒くなった。

「あたしらだって住宅の値段が下がったら被害を被るんだよ！　そりゃポッシュ（上流階級）な家みたいに高い値段じゃないけど、こちとら切羽詰まってんだ！」

「カネのない地域の価値はいくら落としてもいいってことなんだろ。お前ら役所はいつもそうだ。貧困区に社会のトラブルを集めて掃きだめみたいにしていく」

矢継ぎ早にきつい言葉を浴びせられながら前方で踏ん張っていた若い福祉課の女性は、ついに「ファック」という言葉を使い始めたおっさんを睨みつけ、「冷静に話し合えないのなら、この会合は続けられません」と涙声で言い放ち、荷物をまとめて部屋から出て行った。

地方自治体主催の説明会なのに、主催者側の人間が途中で泣きながら帰って行ったのである。

部外者のはずのダニエルの父親がどうしてあんな人々を煽《あお》るようなことを言ったんだろうと思った。理由がわかったのは、彼が元図書館のすぐ近くに不動産を所有しているということを息子から聞いたときだった。

選ばれた子、選ばれなかった子

その説明会の少し後で、わたしは仕事で一週間ほど東京に滞在した。ちょうど息子の学年委員の面接や選考が行われる週で、「結果がわかったら真っ先に母ちゃんに連絡するね」と言って日本へ送り出された。

息子の学校では、9年生になったら学年委員が20名ばかり選ばれる。むかしは「プリフェクト（監督生）」と呼んだそうで、いまでもパブリック・スクールなどの私立校ではそう呼んでいる。

学年委員になりたい生徒は誰でも応募できることになっているが、教員に推薦された生徒が申請書を出すケースがほとんどで、学年主任と校長の面接を受けた後に合否が決定することになる。息子が担任から推薦されて申請書を提出したのはわたしが日本へ発つ少し前のことだった。

「申請書を出して面接まで進んだ生徒の3分の2以上は女子だったみたい」

と息子が言うのでわたしは答えた。

「へえ、いまを象徴するような感じだね」

「この場合、ジェンダー・バランスはどうなるんだろう？　男女半々になるように選んでくれるとしたら、僕は有利なんだけどなー」

「いや、それは逆の場合っていうか、女性が表に出にくかった時代にやってたことだから。きっとあんたたちの世代には、もうジェンダー・バランスとか積極的是正措置《アファーマティブ・アクション》とかは、必要ないのかもね」

みたいな会話をしてわたしは日本に旅立ったわけだが、ちょうど飛行機に乗って移動中の日に息子が面接を受けることになっていた。どうなったのだろう、と気にはなりながら、東京でバタバタしていると、数日後、息子からメールが入っていた。「心配しているから、連絡して」という。ふつうこれは親が子にかける言葉なのかも、と思うにつけ、やっぱりうちはなんかその辺がおかしいのではないかと反省しつつ、夜中にｉＰａｄでフェイスタイムしてみると、学校から帰ってきたばかりの息子と繋がった。

「学年委員に選ばれたよ！」

のっけから嬉しそうに言うので、要するにそれが伝えたかったのかと思った。

「やったじゃん。いつわかったの？」

「昨日、学年主任から手紙をもらって、今日さっそく校長室で任命書をもらった」

「へー。いっちょまえに任命とかされちゃうのか」

「20人の学年委員の1人ずつに校長先生が書類を渡すんだけど、僕に渡すときだけ、『いったいどうして君がここにいるんだ！』ってジョークを飛ばすから、おかしくてつい笑った」

目をいたずらっぽくきらきらさせてオヤジジョークを飛ばす校長の姿がありありと浮かんだ。きっとこういうジョークを飛ばしてもオッケーな生徒もいれば、飛ばせない生徒もいる。息子がジョークを飛ばしてもいい相手と見なされていることが、どちらかと言えば学年委員に選ばれたことよりわたしには好ましく思えた。

結局、選出されたのは女子が14人で男子が6人だそうだ。「いい感じじゃん」と言うと、「女子たちが『ガール・パワー』とか言って盛り上がってるよ」と息子は唇をとがらせていた。

イングランドとウェールズ、北アイルランドの中学生は、最終学年の11年生（15〜16歳）のときGCSEと呼ばれる中等教育修了時の全国統一試験を受けるが、その成績で女子のほうが男子より優秀なのはもはや常識になっている。2016年には女子と男子のGCSEの成績のギャップが過去14年間で最大に広がったと報道され、18年には男子が少し巻き返したと話題になった。とは言っても、最高グレードの9点から7点までの成績をおさめた女子生徒は23・4%だが、男子生徒は前年から約1ポイント上がったとはいえ、17・1%に留まる。

この数字は息子の学校でも女子のほうが校内での様々な活動に積極的で上昇志向が強いという傾向にも通じるかもしれない。学年委員に応募した時点で女子生徒のほうが圧倒的に多かったことも、こうした背景を象徴しているのだろう。

「先生たちも学年委員の人数をわかってて推薦を出しただろうから、落ちた子はほとんどいなかったんじゃない？」

「いや、それがけっこういたんだって。でも個別に手紙を受け取ったから、誰がどうだったのかは全然わからない」

と聞いてその日はフェイスタイムを終えたのだったが、問題は翌日に再び息子と話したときだった。

前日の晴れやかな顔から一転して、どことなく暗い表情で息子がiＰａｄのスクリーンに現れたのである。

「実はね……。ダニエルが学年委員に応募していたことがわかったんだ」

「え。本人から聞いてなかったの？」

わたしは驚いて息子に尋ねた。ダニエルは息子の仲のいい友人の1人だし、毎日一緒に学食でランチを食べたりしているはずだから、それについて何も知らなかったのは不自然な気がした。

「僕は担任の先生に推薦されたけど、ダニエルはドラマ（演劇）の先生に推薦されてたみたい」

「で、ダニエルは選ばれなかったの？」

「うん。彼は誰にもそのことを言わないでいたんだけど、面接があった日に、ダニエルの次の順番になってた女子が、『面接のときに会ったのに、校長室にはいなかったから、落ちたに違いない』って言い始めて、またわいわい騒ぐやつらが出て来て……」

ダニエルは少し前まで激しいいじめの対象になっていた。もとはといえば、彼が人種差別的な言動を取ったことが原因だったにしろ、SNS上だけでなく、日常生活でも体操着を隠されたり、ロッカーを荒らされたりしていたのだ。最近はそれもおさまっているのだが、これでいじめが再燃しないとも言えない。

「ティムが、『本当に応募してたの？』って単刀直入にダニエルに聞いたんだ。そしたら、ダニエルが『うん』って。『でも、僕はみんなに好かれるグッド・ボーイじゃないから、見事に落ちたよ』って明るく言ったんだけど、僕にはそれが限りなく嫌味に感じられた」

「……」

わたしが日本に行っている間に、息子の友人関係はどうもちょっとトリッキーなことになっているようだった。

ラッキーだったのは僕

日本での仕事を終えて英国に戻ると、息子は喋りたくてうずうずしていたかのように話し始めた。配偶者にこういうことを言っても、「ムカつくやつとはつきあうな」で終わってしまうので、きっと相談相手が欲しかったのだろう。

息子によれば、面接で落とされたのはダニエルだけではなかったようで、その中には絶対にみんなが学年委員になると言っていた足に障害のある優等生の少年もいたという。

「本人は障害者だから落とされたって言っているけど、女子たちは彼が傲慢で性格が悪いからだって言ってる。『この学校は女子たちが気が強くてうるさいから、女子が少なくなったらもっといい学校になる』とかよく大っぴらに言ってるからね。女子たちに嫌われているんだ」

「まあ、もし面接でそんなことを口走ったりしてたら、まずいよね」

もし純粋に面接で合否が決定したとすれば、ダニエルもまた何か教員を不安にさせる発言をしたのかもしれない。

「ダニエルも、面接で何か言っちゃいけないことを言ったりしたのかもね」

とわたしが言うと息子が答えた。

「最近は人種差別とかそういうことはあまり言わなくなったんだけど、その代わりにホームレスの人たちのこととか、すごく口汚く言うときがあるからなー」

わたしは数週間前にコミュニティ・センターで見た彼の父親のことを思い出していた。この界隈に住んでいないにもかかわらず、ダニエルの父親はホームレス・シェルター建設反対運動の立ち上げを画策しているという噂だ。きっと家庭でもそのことを話しているに違いない。

が、それにしても、ダニエルが学年委員に推薦されたことや応募したことを息子や友人たちに話さなかったのはやはり奇妙に思われた。いじめられていたとは言え、自分が人よりルックスや頭脳に恵まれていることをよくわかっている自信満々な少年なので、こういうことをひっそり隠すようなタイプではないからだ。もしかしたら、息子が先に「担任の先生に推薦された」と友人たちに明かしてしまい、ティムやオリバーも「応援する」と盛り上がっていたらしいから、そういう友人たちの姿を見て、なんとなく言えなくなったのだろうか。

息子は、中学に入学してすぐの頃、自分とダニエルは「ベスト・フレンドになるか、最大のエネミーになるか、どちらかだろうね」と言ったことがあった。いま思えば、確かにこの2人は似ているようでいて正反対の性質の持ち主なのだ。

そんなことを考えていると、息子がわたしの前にスマホを差し出し、ダニエルがインスタグラムに投稿した画像を見せた。「親友に声を奪われた。僕はもう歌えない」「友よ、友よ、君は光の中を前へ進め。僕は背後で血を流す」という、思わせぶりなポエムっぽい言葉と共に、割れたガラスの破片とか陰鬱な灰色の空の写真とかがアップされている。いつの間にか彼のフォトグラフィーの腕もそうとう上達しているのだったが、まあそれはいいとして、これを見た息子の気持ちが千々に乱れているのはよくわかる。「親友に声を奪われた」という言葉は、7年生の頃にミュージカル『アラジン』で変声期のダニエルが歌を歌えなくなったので息子が代わりに物陰から歌って彼が口パクしたときのことを暗に意味しているようにも思える。

「学校ではふつうに接してるんだよ。いつも通りに。でも、インスタを見るとこれなんだ」

「まあ、大人でもいるからね。リアルに会うとふつうにしているのに、陰でネットにぐちゃぐちゃ書くやつ」

「どうしてこうなるんだろうね」

「母ちゃんにもそれはわからない」

と答えたが、ダニエルがこんなことをしてしまうのは、傷ついているからだろう。そして自分が傷ついているから、息子のことも傷つけたいのである。傷つく人の輪を広げたところで彼の傷は癒えるわけでもなく、だいたいよけい痛くなって治癒に時間がかかることが多いので自傷行為も同然なのだが、12歳や13歳の子どもにそんなことはわからない。巻き添えにされたほうはいい迷惑だが。

「もう彼と一緒にいるの、つらくなってきた？」

わたしは息子に聞いてみた。

「うーん。でも、学校ではふつうに接しているんだよね。だから急に距離を置くのも変だし、インスタでも名指しで僕のことをどうのと言ってるわけじゃない」

「まあ、そりゃそうだ」

「プライドなんだろうね」

「え？」

「学校でふつうにしているのはきっとダニエルのプライドなんだ。だから、それを崩されるともっとつらいだろうし、ちょっと様子を見ようかなって。だって今回、ラッキーだったのは僕のほうだから」

お。ラッキーだったのは僕。わたしにはとても真似のできない寛大なことを言っているぞと思ってしみじみ息子を眺めていると彼は言った。

「もちろん、あんまりひどいことになってきたら話は別だけどね」

しばらくぶりに英国へ戻ると、案の定、息子の部屋は荒れ放題になっていた。机の上にプリントや本が散乱していて、床の上まで紙切れが散らばっている。

まったくもう、ちょっといないとすぐこれだと思いながら、彼が学校に行っている間に片づけを始めた。机の上の本を棚に立て、いらないプリントをゴミ箱に捨てて……ふと、その中に、学年委員の面接の準備をしていたらしい紙を見つけた。「リーダーに必要な資質は何だと思うか」「学校の何をどう改善したいと思うか」という面接時の質問が前もって候補者たちに知らされていたので、それに対する回答を考えていたらしい。

「リーダーの資質」について、息子は「LEAD BY EXAMPLE」という言葉を挙げ、「言葉だけで指示するのではなく、自分がまずやって見せることが大事」と書いている。そういう風なことを面接で答えたと、東京でフェイスタイムしていたときに聞かされていたので、ふーんと思いながら目を走らせていると、もう一つ回答が書かれていた。

「導く（LEAD）ということは、前から引っ張るということだけではなく、ときには一番後ろに立ち、後部が離れてしまわないように押し上げる（PUSH UP）こと」

わたしの耳には、懐かしい人の澄んだ水のように低く静かな声が聞こえていた。

これはわたしの保育の師匠、アニーがよく言っていた言葉だ。

だからわたしもその言葉を息子に言ったことがあったのか、あるいは、むかし底辺託児所でアニーが息子の面倒を見ていたときに言っていたのか、それはわからない。

わからないが、彼女の言葉は息子の中に生きていた。いまはなき託児所の設立理念がそこに通っていた子どもに引き継がれ、いまも息をしている。

教育とは、教え導くことではなく授けることであり、授けられ、そして委《ゆだ》ねられることなのかもしれないと思った。わたしは息子の走り書きが書かれた紙を畳んでポケットに入れ、部屋の片づけを続けた。
窓の向こうには透明な初夏の日がきらきらと光っている。
もうすぐ師匠の命日だ。

5

ここだけじゃない世界

12歳の子どもに進路なんて言ってもまだわかるわけないじゃん、と思うのはわたしが親として相当のんびりしているからなのかもしれないが、元底辺中学校でも、9年生からGCSE（中等教育修了時の全国統一試験）に向けてのクラス分けが始まる。

GCSEとは、イングランド、ウェールズ、北アイルランドで実施されている試験で、英語（というか、英国の子どもたちにとっては国語）、数学、科学、外国語（息子の学校ではフランス語かドイツ語、スペイン語からの選択制だが、他の外国語の試験も希望者は受けられる）、歴史、地理などの、大学進学を考えている子たちには一定の成績を収めることが必須となる科目に加え、シティズンシップ、経済、コンピューティング、芸術&デザイン、ダンス、映像、エンジニアリング、宗教、音楽、演劇など多種多様な科目を選んで受験できることになっている（英国政府のサイトで確認したら32科目あった）。が、学校がこれらすべてを教えるわけにはいかない。だから、英国の公立中学校は、それぞれ微妙に教えている科目が違う。また、一つの学校でも教える科目が変わったりする。

こんな風に書いているだけでもややこしいシステムだ。と、つい思ってしまうのは、最初から試験科目が決められていて、みんなが同じ科目の試験の結果で合否が決まるという日本の高校入試と比較してしまうからだろう。

そんなわけで、9年生から始まるクラス分けというのは、どの科目の試験を受けるか（つまりどの科目の授業を受けるか）を本人が決めなければならないということだ。

その説明会が学校で行われたので、わが家も親子3人で出席することにした。

息子の場合は、いちおういまのところ大学に進学すると言っているので、いわゆる必須科目は決まっているし、それ以外の選択制科目でも、もっとも得意なシティズンシップと音楽と演劇はすでに決めている。だから、選ぶのもそんなに大変ではないと思うのだが、大学進学する学生はふつう10科目から13科目は受験するという。

英国の知識人は、音楽とか芸術とか料理とかスポーツとか（ちなみにGCSEには体育もある）、いわゆる5教科以外の分野でもやたら博識というかいろんなことをよく知っている人が多いが、それはきっと中学生のときから受験科目として広範な分野を選び、それらの教養を身に付けなければならないからだろう。

説明会では、講堂でGCSE試験制度の概要や元底辺中学校で対応している教科の説明を受けた後で、それぞれの生徒が関心を持っている試験科目の教室に行き、担当教員から話を聞くことができるようになっていた。

入口の前に列ができている教室もあれば、ガラガラで人っ子ひとりいない教室もある。

一番人気があったのが、今年から元底辺中学校が新たに導入した「ビジネス」という科目だった。息子の友人たちもみんな興味を持っているというので、わたしたちも「ビジネス」の教室を覗いてみることにした。

関心を持っている家族が多すぎて机の数が足らず、両側と後方の壁際にも立って説明を聞いている人がたくさんいた。入れ替え制になっていて、説明を受けていた人々がぞろぞろと出て行ったあとで、わたしたちも前方の席に座った。

教員の説明を聞いていると、どうもこの「ビジネス」という科目は、自営業（さいきんの言葉で言えば「スタートアップ」とか呼ばれるやつだ）を始めるのに必要な知識を与えるもののようだ。

「ブライトンは、ウェブデザイナーやプログラマーなど、フリーランスで仕事をしている人々が多いことで知られています。あなたたちも、将来は自分でビジネスを始め、自分自身の雇用主となって働く可能性が高いと思います。だから、この科目では、ビジネスの企画の立て方やプレゼンの仕方、税務や会計の知識など、フリーで働くための実用的な知識を教えていきます」

と生徒たちに呼びかける教員の言葉を聞いていると、これはもう、例えば公務員や会社員として組織に雇われることを想定して生きていってはいけませんよという時代の教育なのだろうと思った。12歳や13歳の子どもたちに、フリーランスになる準備をしろと言っているのだ。

保守党政権は、2010年に緊縮財政を始めてから、失業者たちに「スタートアップ」することを勧めている。彼らを雇ってくれる会社がなくとも、自営業者になってくれれば、失業保険や生活保護を払わずにすむからだ。「スタートアップ」する失業者には、最初の26週間は政府が「ニュー・エンタープライズ手当」という補助金を出し、起業する資金が必要ならローンだって貸し出す。

このため、英国では自営業者が増えていて、もちろん、こうした制度を使って起業して成功した人々もいる。しかし、みながそうだというわけではない。慈善団体ジンジャーブレッドが2018年に発表した調査結果によれば、2017年までの10年間でシングルペアレントの自営業者は58％増になっている。その中には、失業保険事務所の職員から意に染まない起業をさせられた人々も多くいると英紙ガーディアンは書いていた。

こうした自営業者には、小売業、飲食業、介護の請負業者として働いている人々が多い。起業というと聞こえはいいが、要するに、個人請負業者として、ゼロ時間契約（雇用主から要請があったときだけ働く、という雇用契約。要請がなければ収入はゼロ）と同じような働き方をさせられているのだ。こうした不安定な仕事をするシングルペアレントが増えているということが、シングルペアレントの家庭の子どもたちの約半数が相対的貧困に陥っているという事実と関係ないわけがない。

ウェブデザイナーやプログラマーといった華やかな業種のフリーランスの人々とは違う、本当は起業なんてしたくないのにそこに追い込まれてしまう自営業者たちだっているのである。そういえば、2019年のカンヌ映画祭で話題になったケン・ローチ監督の新作『Sorry We Missed You（家族を想うとき）』も、配送業の個人下請けドライバーの家族が貧困に苦しむ姿を描いたものだった。こういうことを考えていたから、「ビジネス」という科目に自営業入門講座みたいな側面もあると知らされ、個人的には複雑な気分になった。

ふと、そういえば講堂でティムと彼の母親に会わなかったことに気づいた。息子のほかの友人たちはみな両親と一緒に来ていたので挨拶の言葉を交わし、短く世間話もした。

だが、ティムたちの姿だけはそこになかったのである。

鉄の柵で囲われた未来

ティムの母親はシングルマザーで、それこそ「ゼロ時間契約」で働いている。労働党政権の、いまより手厚い福祉政策が行われていた時代に、複数の子どもを産んで育てていた公営団地に住むシングルマザーの1人だ。が、保守党政権が誕生し、緊縮財政で生活保護受給者への締め付けが始まってから、彼女たちの生活は一変した。

子どもを抱えていきなり働けと言われても職もなく、ティムの母親なんかも「ヒップなスタートアップ」ではないほうの、「ゼロ時間契約」というどん底の雇用形態で働くしか、他に選択肢がなかった。

「ティムを見なかったよね。来てた？」

説明会の帰りに息子に尋ねると、彼は言った。

「来なかったんだと思う。彼のお母さん、また具合が悪いみたい。一番上の兄ちゃんも仕事で来れないって言ってたしね」

「え、じゃあ、わたしたちと一緒に来ればよかったのに」

「うん。僕もそう言ったんだけどね……」

息子は俯《うつむ》きがちに言った。

「ティム、『僕はこういう説明会とか関係ないから』って言うんだよ」

「だって、来年から自分が受ける授業の教室を見たり、先生と会ったりして、それから教科を選んだほうがいいでしょ。関係ないわけないじゃない」

「いや、ティムは卒業したら彼のお兄ちゃんみたいに働くから、ＧＣＳＥなんて関係ないって言うんだ」

バンドのメンバーも含め、息子と仲の良い友人グループの子たちは、みんな大学進学を考えているはずだ。

要するに、ティムだけが「違う」のである。この違いは、人種とか性的指向とかそういうことではないが、ある意味それ以上に、ティムは自分と友人たちとの間に「僕とは違う」という線引きをしているのだ。

わたしと息子が黙って歩いていると配偶者が脇から言った。

「大学に行かなくても、就職するときにGCSEの結果はついて回るんだぞ。例えば、ダンプの運ちゃんの仕事に応募したって履歴書に書かなきゃいけねえんだし、運ちゃんの仕事やっててオフィスの管理職に昇進したいと思うときなんかも、GCSEの結果は大事だと思うぞ」

「父ちゃん、こんどティムを連れてくるからそういう話をしてやってよ」

息子はそう言って配偶者の顔を見た。

「ティムの周りにはそういう話をする大人がいないんだと思う。お母さんは鬱でいつも寝てるし、一番上のお兄ちゃんはナイトクラブの用心棒《バウンサー》をしてるから、昼はほとんど寝てるか、起きててもあまり家にいないみたいだし」

英国の労働者階級の変遷みたいなものを感じた。配偶者は、英国の労働者階級に安定した雇用があり、まじめに働けば生活していけた世代の労働者階級の人なのだった。しかし、ティムの一家は、雇用も生活の安定も奪われた希望なき現代の労働者階級の家庭だ。

ティムの家には、ソーシャルワーカーが介入していたと聞いたこともある。が、子どもたちが成長してティーンになり、緊縮財政で福祉課の人手が足りない現在では、家庭訪問も行われていない。10年ぐらい前までは、丘の上の高層公営団地のふもとにユースセンター（中高生が放課後などの余暇を過ごすことができる施設）もあって、そこで若者支援を行うユースワーカーたちが働いていた。地元の中学生たちは、放課後はそこでミニバスケットやビリヤードをしたりして、ユースワーカーと話をすることもできた。だが、緊縮財政でそこも閉鎖になり、ティムのような子どもが家族以外の大人と話をする機会がなくなっている。

「おお。じゃ、今度みんなでどっか行くか？　ボート借りて、魚釣りとか」

「それ嫌だよ、めっちゃ暑いもん、いま」

「じゃあ、ミニゴルフか？」

「それも外だから暑い」

「暑い、暑いって言ってたら夏は何もできねえだろ」

「そんな特別なことしなくても、ティムが遊びに来たときにふつうに話せばいいじゃない」

息子と配偶者の会話を聞きながら、わたしは数か月前に雑貨屋で会ったティムの母親のことを思い出していた。相変わらず化粧っ気も何もない病的な顔で、枝のように痩せた腕をカウンターの上に差し出してタバコを買っていた。

「ハロー」と挨拶すると、誰だったっけ、というような顔でわたしを見て、どこか恥ずかしそうな、わたしがそこにいたことに少し怒っているような、でも実は何も考えていないような虚ろな顔で「ハロー」と返し、そのまま雑貨屋から出て行った。

瞼《まぶた》が重たく腫れていたのが気になった。あれは、とても長い時間を横になって過ごしている人の顔だ。日本人であれ、英国人であれ、同じような精神状態にある人は似た顔つきになるのかもしれない。

「カネのない人間は寝とくしかなかと。起きてもいいことなんか一つもなかっちゃけん」

そう言って一日中寝ていた肉親の顔と、ティムの母親の顔が重なった。

一番近いところにいる大人を鬱という病に持って行かれた子どもには、未来なんて鉄の柵で囲われた狭い場所にしか思えない。そのことは、わたしもよく知っている。

息子、バンドを脱退

それからしばらくたったある日のことだった。

バンドの練習をして帰ってくるはずだった息子が、なぜかいつも通りの時間に学校から帰ってきた。

「あれ、どうしたの？　バンドの練習は？」

声をかけると、彼は無言でリュックを床に置き、

「もうやめる。バンドはもう終わり」

と、こちらを見もしないでむっつりと俯いて答えた。

「どうかしたの？」

「……」

「何かあったの？　メンバーと喧嘩でもした？」

わりと軽い気持ちで聞いたのに、息子が下を向いて涙をためているので、びっくりした。

「どうしちゃったの？　なんで泣いているの？」

小学校のときから現在まで、息子が学校から帰ってきて泣いたことなんてない。これはよっぽどのことがあったに違いないと思って動揺していると、夜勤明けで午前中に帰宅して寝室で眠っていた配偶者が起きてきた。

「おいおい、どうした？　おめえまさか泣きながら学校から帰ってきたのか」

頰に涙の粒をこぼしている息子を見て、配偶者が言った。

「泣きながら帰ってきてない。いま泣いてるだけ。……母ちゃんがいろいろ聞くから」

顔を上げようともしない息子の頭をポンと叩いて、

「こっちに来い」

と配偶者が居間のドアを開け、顎で入ってくるよう合図した。

「ここからは、男どうしの会話」

配偶者がそう言ってドアを閉じたので、なんたるセクシストな言い草かと思ったが、「母ちゃんがいろいろ聞くから泣いた」と言われた手前、居間の扉を強行突破することはできなかった。

しばらく2階で仕事をしていると、階下からテレビの音が聞こえ始めたので下に降りてみた。居間の扉が開いていて、2人はテレビを見ている。

「じゃ、僕は部屋に行く。明日締め切りの歴史の宿題があるから」

と息子が部屋に上がって行ったので、小声で「何があったの？　話、聞いたんでしょ」と聞くと、配偶者もちょっと小声になってことのあらましを話してくれた。

彼の説明によれば、こういうことだ。

あるバンドのメンバーと、ヴォーカルでラッパーのティムが、ランチタイムに言い争いになった。

「今日、放課後、バンドの練習に来るよね？」

と聞かれたティムが、

「ずいぶん久しぶりの練習だよね。こんなんじゃちっともうまくならないし、なんでやってんだかわからない」

みたいなことを答えてしまったからだ。例のGCSE説明会の後で、メンバーの両親たちも学業に熱心になってきたのか、苦手科目を家庭教師から教わることになったメンバーがいたり、習い事の発表会の練習が重なったりして、二週間ほどバンドの練習ができなかった。そのことに対して、ティムは息子にも学校の行き帰りに文句を言っていたのだった。

「みんなバンドについてどのくらい真剣なの？　こんな調子なら続けても意味ない」

とティムが言ったので、メンバーたちは面食らい、

「みんなそれぞれ用事があってできなかったんじゃないか」

「なんで急にそんなネガティブなこと言うの」

と口々に反論を始めた。それで、なぜか息子も、

「僕にもティムの言っていることはわかるよ。最近、みんなのやる気が感じられない」

と言ってしまったらしいのだ。

そして放課後になり、ティムは「もうあんなやつらとは一緒にやりたくない」と言ってさっさと帰宅したが、息子はまじめな性格なので、ギターがいないと困るだろうと思うのもあり、また、昼間はあんなことを言ってしまったけどうまく仲裁できるんじゃないかと考えて、練習スタジオに行ってみた。

みんなはまだそこにはいなかったので、スタジオの前で待つことにした。5分ほど立って待っているとメンバーたちがやって来た。見たことのない少年が1人混ざっている。

「あれ？　君はもう来ないんだと思ったから、新しいギターの子を連れてきたんだけど」

メンバーの1人はそう言った。

「無理に一緒にやってもらう必要はないから、君にはもうバンドから外れてもらおうと話してたんだ」

と別のメンバーも言う。

「でもせっかく待っててくれてたんだから、ギター2本でやればいいじゃない。ギター2本のバンドも音が分厚くてクールだよ」

キーボード担当の少年は、そう取りなしてくれたらしいが、息子はそのまま帰ってきたらしい。

まあよくあるティーンの諍《いさか》いといえばそうなのだが、解《げ》せないのは、なぜ息子がランチタイムにティムの肩を持ってイキッちゃったのかということだった。友人間で揉め事が勃発すると、いつも彼は「まあまあ」と場を収めるタイプの、温和で冷静な子どもだったはずだからだ。

「……なんかそれでも、俺には全部言ってない気はするけどな」

と配偶者が言ったので、たぶんそうだろうなと思った。

きっとこれから、息子がわたしたちには言わないことがどんどん増えていくのだ。

夏が来ると、わが元公営住宅地の住民には夕方の楽しみができる。郊外の丘の上の何もない田舎に建てられた元公営住宅地の唯一の良さと言えば、まさに丘の上にあることであり、晴れた日に前庭から見下ろす街が、実は絶景なのである。

だから、前庭の芝やポーチに座ってティーやアルコールを飲みながら、ずらっと連なる元公営住宅の群れや緑の公園や遥か向こうに広がる海を見下ろしつつぼんやりするのは地元民の長い夏の夜の楽しみ方の一つである。

そんなわけでわたしも缶ビールを片手に玄関ポーチに座り、夜の日向ぼっこをすることにした。英国の夏の夜は九時過ぎでも明るい。

とはいえ、坂の下に広がる元公営住宅地の光景を眺めていると、まだら化がいっそう進んでいることに気づく。安価な元公営住宅を買ってお金をかけて改装している人々の、サンルームや別棟が増築されたミドルクラス風の家々。むかしながらの質素で殺風景な「いかにも」な公営住宅。ひとむかし前なら労働者階級の街と呼ばれた場所にさえ、あからさまな階級が生まれ、その両側の格差は開いていく一方に見える。これをこの地域の底上げと言う人もいるが、しかし、底上げっていうのは、ほんとうにこういうことなんだろうか。

美しい風景も、つぶさに見過ぎるといろいろ考えてしまうな、と苦い気持ちになってビールを飲んでいると、ジュースのコップを持って息子が出て来て、わたしの脇に腰掛けた。

しばらく黙って風景を眺めていたが、

「父ちゃんに聞いた？」

と聞いて来たのでわたしは言った。

「……ま、バンドはまた作ればいいよ」

「うん」

「ティムと2人でヒップホップ・ユニットでもいいじゃん」

「うん。ティムと一緒にやろうと思う。……ずっと、ティムと一緒にやりたい」

そう言ってきゅっと唇を結んでいる息子の横顔を見ていると、なんとなく、どうして息子がバンドのメンバーたちに彼らしくもないことを言ったのかわかったような気がした。

GCSEなんて僕には関係ないというティムの、GCSE準備や習い事で忙しくしているメンバーたちとは「違う」ティムの、家に帰ったら鬱の母親が寝ているティムの、その気持ちを息子は考えてしまったのではないだろうか。だから、他のメンバーたちに突っかかって行くティムを1人にはしておけなかったのではないだろうか。

庭にジャグジーのある家から日ざしをぴかぴか反射しながら出て来た赤いレンジローバーが走り去っていく。その脇の舗道では、裾がぞろびくほど長いジャージのズボンをはいた小学生ぐらいの子どもが、蹴ると妙な音のする潰れたサッカーボールで遊んでいる。

お金のある人とお金のない人の、見るからにそうだとわかる生活が無数に連なった街を見下ろし、わたしたちはその光景を美しいと言う。

けれども目線をさらに遠くに注げば、その先には海が、そしてその上にはどこまでも青く広い空が広がっている。

子どもたちの世界は、ここだけではない。

「来週は気温が下がるらしいから、ティムと父ちゃんと魚釣りに行ったら？」

と言うと、息子が振り向いて嬉しそうに頷いた。

ふと、ティムたちの住む高台の高層団地から見る街の風景は、もっときれいなんじゃないかと思った。ティムも、部屋の窓からこの景色を眺めることがあるだろうか。

あの街の向こうに広がる海と空は、鉄の柵なんかで囲われていないことをいつか彼に話したいと思った。

だからおばちゃんだって、生まれた街からこんなに遠いところまで来れたんだよと。

6　再び、母ちゃんの国にて

「なんかこういうことを言ってはいけないのかもしれないけど……、どうして日本はこんなにお年寄りが多いの?」

と息子がわたしに聞いたのは、5年ぐらい前のことだったと思う。

毎年、夏休みには帰省で福岡に帰るが、わたしの両親は田舎に住んでいるので、行動範囲は天神や博多駅周辺といった若者の多い都心ではなく、しぜん郊外のスーパーやショッピングモールになる。

小さいときには気づかなかったようだが、息子も7歳ぐらいになると、道行く人の人口構成が英国と違うことを指摘するようになった。

さらに、それから1年か2年後には、こんなことも言った。

「日本で車を運転しているのは、お年寄りと女性ばかり。男性はどこにいるの?」

平日の昼間は、男性は仕事をしているからね……、と答えようとして、わたしはふと考えた。なぜなら、英国の男性たちだって平日の昼間は仕事をしているからだ。が、車の運転をしている人が女性ばかりということはない。

つまり、英国の場合は平日の昼間に車を運転している人のジェンダーのバランスが日本より取れているということなんだろうか。

そういうことを福岡の実家で夕食時にビールを飲みながら（いわゆる、日本風にいえば「晩酌」というやつ）話していると、親父が言った。

「日本の場合、お母さんたちがぴしゃーっと何でもするけんな。パートから買い物から子どもの送り迎え、それに親の介護やら何やら、車に乗ってあっちこっち飛び回るとはお母さんたちやけん、それで女の人ばっかり運転しようごと見えるっちゃろ」

胸に軽く棘がささったような感覚を覚えた。

わたしの実家の場合「ぴしゃーっと何でもする」のは親父だからだ。

わたしの母は精神の病を患っている。もうずっとむかしからそうなので、例えばわたしと息子が英国から帰省しても、彼女は奥の部屋から出てこない。うちの息子は、小さい頃にはわたしの母親のことをたいそう怖がっていた。奥の部屋に誰かがいることは知っていたが、彼女がトイレに出て来たり、台所でテーブルの上にあるものを立ったまま手づかみで貪ったりしている姿を見ると、亡霊でも見たかのような顔をして小さな体を硬直させた。

「あなたのおばあちゃんは精神的な病気で具合が悪いんだよ」

と説明し、それが納得できる年齢になると、しばらくはやたら祖母のほうに近づいて行って、明るく挨拶したり、よろける彼女の歩行を助けようとしたり気を遣っていた。が、病を患っているほうは、小さな子どもに寄って来られて、ああだ、こうだと話しかけられるのは鬱陶《うっとう》しい。だから、息子の気持ちはいつも裏目に出て、つらい経験もした。

毎年そんなことを体験しながら、息子はだんだん祖母への対応も上手になった。相手がしたいようにさせていればいい、自分の世界と彼女の世界をクロスさせようとしなければ相手は攻撃的になったりしないんだということがわかるようになり、少しばかりの諦念を身に付けて祖母とつきあえるようになった。

だがそれは、うちの母親も、むかしからあった病に加えて、認知症の症状が出てきて物事を忘れるようになったせいでもある。うちの息子を実家で飼っている犬の名前で呼んだり、自分の弟の名前で呼ぶようになった。「時々うちにやってきて私の生活のペースを狂わすうるさい子ども」だった孫が、いまではテレビに映っている子どもや動物とたいして変わらないものになったようだ。

こうして物忘れが著しくなるとともに人格もぼんやりと柔和になったので、むかしのような突発的な激しい言動や感情の暴発を見せることもなくなった。

しかし、こうなってくると本格的に活躍せねばならなくなったのがうちの親父だ。

むかしは単なるマッチョな田舎のおっさんで、家のことなど何ひとつしなかった肉体労働者の親父が、いまでは洗濯の柔軟剤が切れかかっていることから、ゴミの収集日が祝日で変更になったことまで、すべてを完璧に把握する主夫になり、母の介護者にもなっている。

やればこんなにできる人だったのかというぐらい細やかな家事の手腕を見ていると、もう少し若いときからせめてこの10分の1でも家庭に対する気遣いを見せていれば、母親の心の病はそこまで進行しなかったのかもしれないとも思う。

だが、いまさら80歳近い親父にそんなことを説教してもしかたがない。彼はもう十数年間も、立派に家庭の面倒と母親の面倒を見てきてくれていて、そのおかげでわたしは英国で気ままに生活していけるのだ。10代や20代の頃にはいろいろと揉めたけれども、現在の彼には感謝の気持ちしかない。

そんなわけで、たまにはそんな父を労《ねぎら》いたいと思った。それに、物忘れが激しくなってふんわりしてきたからこそ、いまの母親となら一緒に旅することも可能な気がする。だから、今年の夏は両親と息子と実家で飼っている犬を連れて、湯布院《ゆふいん》の温泉に旅行することにした。

息子にとっては初めての祖父母との、さらに犬連れの旅でもある。

どちらかというと、息子には後者のほうがエキサイティングだったようだが、犬と一緒に泊まれる旅館をネットで探したりして、彼は夏の帰省をいつも以上に楽しみにしていた。

日本はまだ移民国家ではないから、これから英国の後を追うことになる。幾度となくそういう話を聞いてきたものだが、今回、驚いたのは、温泉街はすでに英国みたいになっているということだった。

わたしたちが宿泊した温泉旅館は、湯布院に何軒かあるペット連れＯＫの旅館の一つだったが、到着した瞬間から驚いたのは、荷物を部屋に運んでくれたり、お茶と茶菓子を持って来てくれたりした従業員の全員が、とても日本語が上手な中国から来た若い女性たちだったということだった。

しかも、彼女たちの多くが英語も操れ、息子が何かを聞いたときに、英語で応対してくれる。田んぼが広がる山の麓の温泉街がいきなり国際色豊かになっていて、従業員の大半が外国語訛りの英語を話すロンドンあたりのホテルと同じ状況になっているのだ。

露天風呂に入りに行ったら通路で女将と出くわし、立ち話になった。実家の犬のことを喋っていると、やんわりと、

「どちらからいらしたのですか？」

と聞かれた。

ああ、わたしの苗字や息子が英語で喋っていることを意味しているんだろうと思い、

「英国からです。いま福岡の実家に帰省しているところなんです」

と答えると、彼女が言った。

「ああ、そうなんですね。うちで働いていた台湾の子が、去年からロンドンの大学で勉強しているんです。何度か絵葉書をくれて、お正月にはここに遊びに来てくれるって言ってます」

「へえ、そうなんですか。ここで働いていらっしゃる方、みなさん日本語すごく上手ですよね。しかも、英語まで上手な方が多くてびっくりしました。やはりいまは湯布院も海外からのお客さんが多いんですか？」

「ええ、うちは中国からのお客様が多いし、ヨーロッパやアメリカからのお客様もいらっしゃいますから、彼女たちがいてくれてすごく助かってます」

というような会話を交わし、女将と別れてから、まずわたしが海外から来ていることを確かめてから、急に活き活きと従業員たちのことを話し始めた彼女の変化を思い出していた。

こういうことは英国でもあるな、と思った。

犬を連れて食堂には行けないので、夕食は部屋で取ることにした。おそらく女将の息子さんなんだろう、旅館の若旦那がしゃぶしゃぶ鍋を作りに来てくれた。

慣れた手つきで野菜を鍋に入れてだしを取った後で、牛肉や豚肉をさっとくぐらせてわたしたちの小鉢に入れながら、彼はこれまた慣れた口調で世間話をしたり、冗談を飛ばしたりした。

とても犬が好きな人のようで、座敷でじっと彼の作業を見ているわが家の犬にも言葉をかける。

「きれいな柴犬ですね。柴犬はいまほんとに人気がありますね」

若旦那が言うと、親父が答えた。

「ずっと雑種を飼うとったとですけど、最後に飼うとった犬が死んでから、もうあたしも年やけん、最後まで責任が持てんのやったら飼われんと思うとったとですけど……」

わたしも脇から話に加わった。

「5年も喪に服していたんですよ。どんなに勧めてももう飼わないって言い張るから、実力行使でブリーダーさんのところに行ってこの子を貰ってきたんです」

ほんとうのことを言えば、ブリーダーさんのところに行って柴の子犬を分けてもらい、いきなり実家に置いて英国に帰るというアイディアは、去年、久しぶりに日本に来た配偶者のものだった。彼は「ちょっと父ちゃんの生活は寂しすぎるから、絶対に犬が必要」と数年前から言っていて、親父に暗いことを言われてぐずぐずしていたわたしと違い、さっさと息子と2人でブリーダーを訪ねその日のうちに貰う手続きを済ませてきた。

悲しく諦めて行動を起こせないジャパン組と正反対に、闇雲に行動を起こすのがUK組だ。わが家ではそういう構図ができあがっている。

「柴犬はいいですね。日本人なら、やっぱ柴犬たい」

と若旦那が言った。どこかこちらの反応を試すような、芝居がかった口調に、わたしは通路で立ち話したときの女将のことを思い出していた。

「これは去年、イギリスから来とった娘婿が見つけてきたとです。なんかイギリスのほうでも柴犬がえらい人気のごたあですよ。柴もいっちょ前にどんどん国際的になりようらしい」

親父がそう言って犬の頭を撫でると、若旦那の口調が急に変わった気がした。

「へえ、そうなんですか。いまはうちのような宿でも、外国からのお客さんのほうが多いし、スタッフも外国から働きに来てくれている子たちです。温泉でも柴犬でも、いかにも日本らしいと思われとうものから先に、国際的になりようのかもしれませんね」

「スタッフのみなさん、日本語めちゃくちゃ上手ですよね。息子と英語でも喋ってくださるし、すごいなあって」

「勉強熱心な子ばっかりで、頭が下がります。うちは中国からのお客さんが多いんで、彼女たちなしでは、やっていけんですよ。湯布院はもう海外からのお客さんがメインの宿がたくさんありますからね」

「でも、こんなに雨ばかり降ると、やっぱり客足に影響がありますか?」

「いや、今年は大雨よりも深刻なことがあります」

若旦那はそう言って菜箸を肉と野菜が載った大皿の上に置いた。

「韓国からのお客さんがガタッと減ってますから」

「ああ……」

わたしと親父は同時に声を漏らした。

「うちは中国からのお客さんが主流なんでまだいいですけど、韓国からの観光客がほとんどという宿もあって、そういうところは今年はほんとに打撃になってます。うちでも一日に一組は韓国のお客さんやったけど、今年はもう全く……」

「そんなにはっきりと影響が出てるんですね……」

「湯布院はここのところ、毎年のように何かの被害を受けてるんですよ。地震、水害、大型台風、今年は何もないかなあと思ったらこれですから」

「天災がないときは、人災なんですね」

わたしが言うと若旦那が頷いた。

「日本はもともと天災は多いけん、それはもうどうしようもないけど、今年のようなことは、避けられるんやったら避けてもらわんと。それを政治と呼ぶんやないかと思うんですけどね」

若旦那は苦々しい口調でそう言った。

翌朝、わたしたちは早起きをして、犬の散歩に出かけた。

細い農道の坂道を降りて、広い国道のほうに出ても、まだ午前6時過ぎなので車はほとんど通っていなかった。3人と1匹で国道をゆるゆると降りていると、向こう側から大勢の若い女性たちがこちらに向かって上ってくるのが見えてきた。みんな様々な温泉旅館のロゴが入ったTシャツや制服らしい作務衣《さむえ》を着てリュックを背負い、髪の毛をきゅっと頭の後ろでまとめてぞろぞろとこちらに歩いてくる。

きっとこのあたりに、旅館で働く女性たちの宿舎があるに違いない。中国語で楽し気に談笑しながら通り過ぎる娘さんたちが、こちらに「おはようございます」と次々と挨拶してくる。なんとなく、『キューポラのある街』の女工たちが昼休み中に歌う姿とかを思い出すような、牧歌的な光景だった。

すると長身の若い黒人女性が珊瑚《さんご》色の作務衣を着てこちらに向かって近づいてくるのが見えた。へえ、アジア以外の国から来て働いている人もいるのか、と思って見ていると、何を考えたのか、うちの犬が彼女に向かってけたたましく吠え始めた。これまで出勤中の女性たちに「かわいい」とか言われて頭を撫でられてもじっとしていたくせに、急に火が付いたように彼女に吠えかかって行くので、親父が「なんばそげん吠えようとか」と言いながらリードを強く引っぱり、息子も「落ち着いて。興奮しないで」と犬に近づいて英語で話しかけている。

若い黒人女性は綺麗な発音の英語で、

「いい子だね、大丈夫よ、心配しないで、ハンサムくん」

と犬に話しかけた。

「すみません。いつもと違うところを散歩しているから、興奮してるんだと思います」

息子も英語でそう彼女に言った。

「とても賢い顔をした犬ね。1人だけ全く違うルックスの体の大きい人間が歩いて来たから、『何だ、このクリーチャーは』ってびっくりしたのかも。あはははは」

彼女は英語でそう言い、豪快に笑った。まったく嫌味な感じがなくて、その場をまるで楽しんでいるような陽気な笑い方だった。なんとなく気まずい場面の空気をいっぺんに溶かしてしまう、太陽みたいな明るい笑顔。

「柴犬はビューティフル。とても頭がいいし、いつか飼いたいです。私も犬が大好きだから」

今度は流ちょうな日本語でそう言い残し、彼女は「バーイ」と歩き去って行った。犬のリードを引いて再び親父が前に歩き始めても、息子はしばらく振り返り、彼女の後ろ姿を見ていた。

また会う日まで

「彼女の笑い方、とても好きだった」

福岡の実家に戻ってからも、何度か息子はそう言った。

「違う人」と認識されることは、日本に来るたび息子も体験してきたことだ。遠慮のない視線でじろじろ見られたり、「日本語を話さない人」として驚かれたり、そんな経験を重ねてきた彼が、実際に日本で暮らしている外国人の労働者たちをあんなにたくさん目にしたのは初めてのことだった。

昨年、福岡に帰省したときには、近所の日本料理店で「YOUは何しに日本へ？」と酔った中年男性にからまれたことをずっと覚えていた息子だったが、今年はあの若い黒人女性の笑顔が強く心に刻まれたようだ。

「YOUは何しに日本へ？」と聞かれたら、あの女性や、ぞろぞろと温泉宿の制服を着て職場に向かっていた外国人の女性たちは、「働きに来ました」と当たり前のように答えるに違いない。現実はテレビ番組が映さないところでどんどん進んでいるのだ。

「笑顔と言えば、今年はあんたも空港で笑顔を見せてね。もう13歳なんだし、りっぱなティーンなんだから」

とわたしは息子に言った。英国に帰る日が近づくと、わたしと息子と親父の間では、「泣くなよ」がジョークのネタになる。毎年毎年、いい加減に飽きないのかと思うぐらい、親父と息子は福岡空港でドラマチックな涙の別れを展開するからだ。

さらに、今年は親父がちょっと不気味なことを言っていた。ひょんなことから、親父が若かりし日のわたしに空港で手渡した汚らしい紙切れのことが話題になったときのことである。

その紙には「花の命は短くて苦しきことのみ多かりき」という林芙美子《ふみこ》の短詩が書かれていたのだが、わたしの本を読んだという知人が、その話を書いたエッセイに触れてきたので、「娘が外国に旅立つ朝に、なんて暗い言葉を書いて渡す人なのかと呆れた」と笑っていたら、その会話を聞いていた親父が、「今年は孫に手紙を書いて空港で渡す」と不吉なことを言ったのだった。

しかも、それを聞いた息子まで「じいちゃんに手紙を書く」と言い出した。それでなくとも祖父と孫で（恥ずかしいぐらい）号泣する別れのシーンをなぜそこまで盛り上げる必要があるのか。80歳手前の爺さんとティーンの孫が泣きながら空港でぎゅっとハグし合っている姿を見れば、「日本人は感情を外に出さない」という説は大嘘だったと思うほどなのに、この上、エモーショナルな手紙の交換などしたら、どんなことになってしまうのだろう。

そんな不安を感じつつ、ついに英国に帰国する日の朝がやってきた。

息子の手紙は、前夜に日本語に訳せと言われて渡されていたので、そこに何が書いてあるかわたしは知っていた。息子の手紙がどんなものになるか、わたしには想像がついていた。どんなにじいちゃんのことが好きか、一年に一度しか会えないので僕はずっと再会の日を待っているだろうとか、そういう優等生的でセンチメンタルなことが書かれているに違いないと思っていた。

が、息子から手渡された手紙はちょっとそれとは違っていた。わたしが想像していたような文章で始まってはいたが、彼は最後のほうにこんなことを書いていたのである。

あなたは謙虚でとてもやさしい人です。
あなたがおばあちゃんと一緒にいてくれて、いつも彼女の面倒を見てくれて、僕たちはとてもラッキーです。

息子の中で存在しているのかしていないのかよくわからなかった人がそこで言及されていることにわたしは驚いた。

福岡に帰省するたびに、魚釣りに行くのも、野球の試合を見に行くのも、何をするにもじいちゃんと一緒で、奥の部屋にいる祖母とは何の絆も築けていない息子が、じいちゃんへの手紙の中で、わたしの両親の関係性や、英国のわたしたちと彼らの関係性を通して彼女の存在に触れていた。冷静な息子らしいと言えば息子らしいとも言える。が、きっと彼はもう子どもではないアングルからわたしたち家族の姿を見ているのだ。

空港に着いて搭乗手続きを済ませ、保安検査場の入口に近いベンチにわたしたちはひとまず座ることにした。息子が親父に手紙を渡せと言うので、わたしはそうした。わたしたちが保安検査場に入ってから読むのかなと思っていたら、意外にも親父はそこで手紙を広げて読み始めた。

何も言わないでむっつりして読んでいたが、最後まで目を通してから、ぼそっと親父が言った。

「こいつ、よう見とうよ」

そしていつものように立ち上がって保安検査場入口前に進むと、息子が先に顔を伏せて泣き始め、それを見た親父が真っ赤な目で「がんばれよ」と言い、「じいちゃん、元気でね」とか言い合いながらいつまでもふたり抱き合っているのを、「もう中に入らないと、乗り遅れるから」と引き離すようにして検査場の中に入った。

そのまま搭乗ゲートに向かい、飛行機に乗り込んで座席に座った後でふと思った。

「そういえば、じいちゃんは手紙をくれなかったの？」

息子はリュックのポケットの中から汚らしい紙切れを出して言った。

「くれたけど、エアプレーン、エアプレーンって言ってたから、後で見ろってことだろうと思って」

息子はその紙をゆっくりと開いた。

「シー　アー　ソーン」と汚い字で書かれていた。

たぶん、SEE YOU SOONのことだ。別れるときに息子がいつもそんな風なことを言っていると思って書いたのだろう。英語を使ってみようという努力は認めるが、どっちにしろカタカナで書いたら息子に読めるわけがないのだが、息子は再び目を潤ませて絶句していた。

その字の下に、じいさんと柴犬がポロポロ涙をこぼしている絵が描かれていたからだ。

まったく娘にはあんなけれんに満ちた暗い詩を贈るくせに、孫となるとこの有り様である。

わたしは息子の背中をさすった。飛行機を乗り継ぐ仁川《インチョン》空港まで息子は泣きやまなかった。

7　グッド・ラックの季節

新学期が始まり、9年生になった息子は、自分で選択した科目の一つであるBTECミュージックのコースで勉強を始めた。BTEC（商業技術教育委員会――イングランド、ウェールズ、北アイルランドの中等教育卒業認定と継続教育認定を行う）の成績認定は、GCSE（中等教育修了時の全国統一試験）の結果と等価と見なされるので、息子の学校ではBTECミュージックのコースを採用している。

GCSEと比べると、BTECのほうが実用的で商業寄りであり、作曲や演奏や理論的なことだけでなく、音楽を商品化するというビジネスサイドのことも学ぶらしい。ついでにDJスキルなんてのも教わるそうで、ブライトンにはこのコースを設けている中学校が少数ながらあり、息子の中学はその一つだ。

最近、息子がPCに向かって宿題をやっていた。

「ちょっと見る？」

とわたしを呼びに来たので、息子の部屋に行ってみると、彼は得意満面で机上のラップトップを指さした。

「コンサートのプロモーターになったつもりで、クライアントに会場の提案をするためのプレゼン資料をつくりなさいっていう宿題なんだ。実在するブライトンの会場を選んで、そこをコンサートの会場として推すための宣伝用スライドをつくるんだよ」

青い背景のパワーポイントのページにブライトンの中心地にあるライブハウスのロゴがばーんと浮かび上がってきた。各ページの右上にそのロゴを固定し、画像や動画をまじえながら、立地条件や収容人数、飲食スペースの情報、障害者のアクセシビリティなど、画面切り替えの方法も工夫しながら説明していく資料は、中学生がつくったものにしてはけっこうプロっぽい。

「過去の出演アーティスト」のページもあり、ジェイク・バグやシーア、ファットボーイ・スリムなどの名前や写真が並んでいた。

「あそこ、ドクター・フィールグッドも出たことあるんだよ」

「誰、それ?」

「先生は喜ぶと思うから入れとけば。年齢的に、ぜったいそうだから」

わたしは中高年の立場からアドバイスしておいた。

「それにしても、めっちゃ楽しそうな宿題。もう完成したの?」

「それが、まだわからない情報があるんだ」

「何？」

「ここのステージを借りるのに必要なレンタル料金。あと、機材搬入するときのきまりごとか、そういうのはネットには書いてないから。担当者のメール先があったから、そこにメール送ったんだけど、返事が来なくて……」

「えっ。そこまでやるの？」

「だって、ビジネスだから、コストの問題は一番大事でしょ。それ抜きにプレゼンなんてできない。実はこのライブハウス選んだの、僕だけなんだよ。他の子たちはみんな別のライブハウスにしていて、そこは音楽部の卒業生たちがライブやったことあるから、彼らに料金とか聞いてるんだ。みんな、インスタグラムで情報を流し合ってて、それを使ってる」

「なんでみんなと同じところにしなかったの？」

「だってあそこはちょっとメインストリーム過ぎるっていうか……。どうせなら、もっとエッジーなアーティストが出てるところがいいじゃん」

いっちょ前のことを言う息子を見ていると心の底から英国の中学生になりたくなったが、このぐらいの年齢のとき、わたしたちは音楽の授業で何をやってたかなと思い出すと、「カーリンカカリンカカリンカマヤ……」という合唱の一部が脳内でエンドレスに鳴り出すのだった。

「あさって宿題を出さないといけないから、明日までにメールの返事が欲しいなあ」

そう息子は言っていたが、翌日、学校から帰ってきてもメールの返事はなく、妙に神妙な顔をしてわたしの部屋に来て言った。

「これから担当の人に電話する。だから、僕のそばにいて」

「へ？　ライブハウスに電話すんの？」

「うん」

と言っても、まだ変声期前の息子の声は、誰がどう聞いても子どものそれだ。いたずらか何かだと思われるんじゃないかと心配になり、

「いや、やっぱそういうのは大人が電話したほうがいいって。わたしがするよ」

と提案するが、息子は自分でやると言って引かない。

「僕がするから。でも、すっごい緊張するから、一緒にいて」

「……。わかった、じゃあ何かまずいことになったらわたしが代わるから」

息子は、大きな深呼吸をしてからスマホに電話番号を打ち込んだ。そしてスピーカーフォンに切り替えると、呼び出し音が数回鳴り、「ハロー」と男性の声が電話に出た。

「あの、ネットを見て電話しているのですが、そちらのステージのレンタル料を教えてもらえませんか？」

息子は子どもであることが見え見え（聞こえ聞こえ）の声で言った。不安だからか、いつもより大きくて妙に張りのある声になっている。

「いま担当の者がいませんので、彼にメールを送ってください。メールアドレスは……」

「あ、はい……」

と言って息子がペンを握り出したので、わたしは彼の顔を見ながら「ノー！　それじゃダメでしょ」と目で合図した。息子の前に掌を差し出してスマホを受け取ろうとしたが、息子はちょっと声をうわずらせながら言葉を続けた。

「いや、あ、あの……、僕は実は中学生で、学校でBTECミュージックのコースを取ってるんですけど、それで、あの、宿題のプロジェクトがあって、イベントのプロモーターになったという設定で、あの、ブライトンのライブハウスを一つ選んで、そこをコンサート会場として推す資料を作んなきゃいけなくて、それで……」

そこまで詳しく説明する必要はないと思うのだが、緊張して早口で喋った息子に、先方の男性は言った。

「それで、うちを選んでくれたの？」

「あ、はい。そうなんです」

「へえ、それはありがとう」

そこから急に男性の声がフレンドリーになって、レンタルの価格や機材搬入を行う時間など、やけに丁寧に説明を始めた。結局、この人が担当だったのじゃないかと思うが、一通りの説明を終えてから、彼は言った。

「BTCミュージックのコースを取ってるということは、君も楽器をやるの？」

「はい。ギターを弾きます。ちょっと前まで、バンドもやってました」

「ちょっと前まで？」

「はい。音楽の方向性の違いで脱退したんですが」

いっぱしのことを言うので脇で笑いそうになっていると、電話口の男性は言った。

「バンドはそういうことの繰り返しだからね。またつくればいいよ。グッド・ラック。いつかうちのステージで演奏してくれよ」

「はい！」

電話をかけたときのこわばった顔つきとはまったく違う、明るく高揚した表情で息子は電話を切った。「なんか、すごくいい人だったね」とわたしが言うと、息子は答えた。

「音楽が好きな人だからだよ。僕にはわかる」

息子はそう言ってメモを書いた紙を握って部屋に戻って行った。宿題を終わらせるのかなと思っていると、ギターの音が鳴り始めた。

またこれで音楽熱が高まりそうである。

それにしても、あんな電話が1人でできるようになったかと思うと複雑な気分になる。

「昨日までオムツをしていたのに」というのは英国でよく使われる表現だが、ぼやぼやしているとあっという間に少年期なんて終わるに違いない。

隣家の引っ越し

本当にあっという間に少年期を終えて気が付いたらめっきり老け込んでいた、というケースはごく身近にある。隣家の息子である。

10年ぐらい前まで彼はしょっちゅうわが家に出入りしていて、わが家に息子が誕生するまでは、半分、うちの息子みたいな感じになっていたこともある。彼は元底辺中学校がほんとうに底辺まっしぐらだった頃の卒業生であり、いまや三十路の子持ちである。

彼はティーンの頃、名うての不良で暴れん坊だった。わたしがロンドンへの通勤生活をしていた頃、彼はちょうどいまのうちの息子ぐらいの年齢だったのだが、あの頃まだわが家の前にあったBT（ブリティッシュ・テレコム）の電話ボックスのガラスを四方から打ち割って、廃墟のようになったボックスの上に上半身裸であぐらをかいて座っていたことがあり、薄暗い時間帯にその姿を見たわたしは、なんという恐ろしい地区に住んでしまったのだろうと思ったものだった。

その頃からの近所の変化を考えると、しょぼい規模でとはいえ、やはりわが元公営住宅地にもジェントリフィケーションの波が及んでいる。ブレア政権の新自由主義的な政治とそれをさらに推し進めた保守党政権の緊縮政治をそのまま反映するように、中間層の若いファミリーに家が買えない時代が到来した。そのため、この辺りには住んでいなかったタイプの、こざっぱりしたスタイリッシュな30代のカップルが引っ越してくるようになったのだ。外見は地味な公営住宅を買って、内装や改装にお金をかけて住むことが流行になったからだ。多少は評判が悪くても住宅価格が低い元公営住宅地に引っ越すことが、家庭を持ったばかりの年代の人々にとって現実的な選択肢になったのである。

近年では、英国に腰を落ち着けて子どもを育てることにした外国籍のカップルたちもこの流れに乗っており、うちの近辺を見てもドイツ人のお宅とかフランス人のお宅とかがあり、彼らに家を売ってブライトンよりも地価の安い地域に引っ越して行く元住民が増えている。

何を隠そう、うちの隣家も、1年以上も前から売りに出ていてなかなか買い手がつかなかったのだが、このたびめでたく売却が成立した。若いポーランド人カップルが買ったそうだ。

「お腹の大きな30歳ぐらいの女性が1人でふらっと見に来たんだけど、買いたいって言ってきた。もう臨月だって言ってたわ。夫は仕事で忙しくて来られなかったらしいんだけど」

隣家の母親はそう言っていた。

彼女は、この公営住宅で生まれここで育った人だ。子どもの頃、父親にひどい虐待を受けていたこと、母親がそれを知って父親を追い出したこと、以降、母親が1人で彼女と双子の兄を育ててくれたこと、18歳のときに兄がアルコール依存症で亡くなったこと。隣家は彼女の人生のすべてを見てきた。

その後、彼女は結婚したり、離婚して別の男性と同棲したりして、子どもも2人産んだが、最初に結婚した男性はギャンブルの癖があって家の金銭をすべて持ち出すので別れたし、その後の男性たちも酔うと暴力的になったり、朝から麻薬をやったりでそれぞれに問題を抱えていて、結局は彼女も自分の母親と同じようにシングルマザーとして隣家で子どもたちを育ててきた。ずっとお金には苦労してきたが、たった一つだけ成功したなと思うのは、サッチャー政権が公営住宅の払い下げをした時代に、親類からお金を借り集めて住んでいた家を買い取ったことだという。雨風をしのげる家だけはとりあえずあり、それが自分のものだったから、どうにか子どもを抱えてサバイバルできたと彼女は言う。

「公営住宅地の男で、DVもギャンブルもやらず、アルコールにもドラッグにも依存していない男は、神様ぐらいお目にかかれないと思ったほうがいい」

むかし、こういうごっついことを彼女に言われたときは、やはりヤバいところに住んでしまったと思ったものだったが、これも現在では当てはまらない。いまはオフィスカジュアルみたいな恰好をしたミドルクラス風の男性たちがこの辺りから仕事に出て行くのもふつうに見られるし、走っている車の種類さえ変わった。時の流れはコミュニティを変える。

だが、隣家の息子だけは、むかしこの辺りで見かけた三十路の風貌そのものだ。失業やゼロ時間契約雇用、数人の女性たちとの同棲と別れや養育費、などの苦労を刻んだ彼の外見は、同世代の「デザイナー公営住宅」に住んでいる男性たちと比べたら、ずっと老け込んでいる。

思えば、隣家の息子と母親は、そこだけ時間が止まったようにむかしからの労働者階級の隣人としていつもそばにいた。何かあったら助けてくれたし、向こうが困ったらこちらが助けた。20年以上も前から、ずっとそうしてきたのだ。そんな彼らがついにいなくなるということに、わたしは想像していたより遥かに動揺していた。

「まとまった頭金がないとどんな安い家でも買えないでしょ。だから、この家を売れば子どもたちが家を買うのを助けることができると思って」

隣家の母親は家を売る決心をした理由をそう話していた。工場に勤めたり、タクシーの運転手をしたりして、必死で働いて2人の子どもを育てあげた人だ。家を売って、自分はキャラバンで暮らすと言っていたが、さすがにそれは罪悪感をおぼえるのでやめてほしいと息子とその姉が反対したので、田舎の遠くの村に引っ込んで小さなバンガロー（戸建ての平屋）に住むという。

「生まれてこのかた、引っ越しというものをしたことがないから、違う家で目覚める最初の朝はどんな感じだろうと思うわ」

彼女はそう言った。

「そういえば、うちの親父が『グッド・ラック』と伝えてくれって。ほら、10年ぐらい前に親父が日本から来てうちの庭をユンボで掘ってたとき、垣根越しに時々ティーとビスケットを差し入れしてくれてたでしょ。すごくうれしかったみたいで、いまだに言うから」

わたしがそう言うと、彼女は急に目を赤くして、無言で下を向いた。
あの爺さんには何か人を泣かすものがあるようだ。

元少年とのロング・グッドバイ

そうこうしているうちに、隣家の引っ越しの日がやってきた。大きな引っ越し用の白いトラックがやってきて、業者が荷物をどんどん積み込んで行く。

いまは別の街に住んでいる隣家の息子も手伝いにやってきた。2人が忙しそうに家から出たり入ったりして業者に何か指示しているのが2階の窓から見えた。

「いよいよ行っちゃうんだね」

学校が休みの日だったので家にいた息子が、窓の外を眺めながら言った。

彼が小さいときにはよく遊んでもらったものだったが、小学校に入学するぐらいの年齢になると、隣家の息子はガールフレンドと同棲したり、北部やロンドンに出稼ぎに出たりするようになって、ほとんど家にいなかった。うちの息子については「俺の影響がなかったからまともな子に育った」といつも笑っている。

息子は息子で、実家に時々帰ってきてはうちに顔を出したり、垣根越しに配偶者やわたしと話し込んだりしている隣家の息子とは少し距離を感じている。というか、わたしたち夫婦のようには「家族同然」みたいな感覚を抱いていない。

それはそうだろう、隣家の息子がしょっちゅう出入りしていた時代のことは、息子はとても小さかったので覚えていないし、物心つくようになったときにはすでに肉体労働で疲れ果てておっさんみたいになっていたので、息子にしてみれば「隣家のお兄ちゃん」というより「たまに来るおじさん」だったのだ。

ふと、この2人がもしもっと年齢が近くて、ともに10代とかだったら、どんな感じになっていたんだろうと思う。彼の影響で、息子もちょっとはワルい感じになってたんだろうか。それとも、気が合わなくてそれほど仲のいい友達にはならなかっただろうか。

隣家の息子が、ティーンの頃、うちにしょっちゅう来ていたのには理由があった。彼の母親は若い頃に鬱病を患ったことがあり、年齢を重ねると躁鬱の落差が激しくなった。だから、明るいときにはハイパーと言ってもいいほど元気なのだが、年に数回、気分が著しく落ちる時期があり、その端境期には攻撃的になったりもするので、同居する子どもにはつらくなることがある。そんなとき、うちに逃げて来ていたのだ。

彼が口にしていたこと、悩んでいたことは、うちの息子とは比べものにならないほどハードだった。

おそらく父親的な男性の存在を欲していたのかもしれない。配偶者とやたら気が合って、本物の親子に間違えられることがよくあった。彼らは、旧タイプの労働者階級の男たちなのかもしれないと思う。

息子の背後に立って引っ越しのトラックや忙しく動き回る人々を窓から見降ろしていると、息子が言った。

「母ちゃん、寂しくなるね」

「うん。だってずっと彼らが隣にいたからね。何かあっても隣に彼らがいるから大丈夫だって思ってたところがあった」

自分でもどうしてこんな気持ちになるのかわからなかったが、ついに白いトラックの後部まで荷物が詰まり、業者がドアを閉めようとしているのを見ると胸が苦しくなってきた。

わたしは急いで夜勤明けで寝ていた配偶者を叩き起こし、最後の挨拶をするために外に出た。

「本当に行っちゃうんだね」

自分の情けない声に戸惑いながらわたしは言った。

「元気で。いつでも電話してちょうだい」

隣家の母親は、そう言ってわたしをハグしてくれた。

「ねえ、これ、使わない？　屋根裏から出て来たんだけど、まだ新品だから」

そう言って隣家の息子がうちの息子に手渡したのは、コンパスや定規や分度器が一つのケースに収められたセットだった。確かに、まだビニールのカバーがかけられていて新品だ。

「新品たってあんた、何十年前の新品なのよ」

彼の母親がそう言って笑った。

「俺が中学生の頃、母ちゃんが買ってくれたんだけど、俺、一度も使ってないから。いまの中学生も、まだこういうの使って勉強するのか？　それとも、もう使わないのかな」

「使う……。ありがとう」

と言って息子は神妙な顔でそれを受け取った。

「俺と違ってまじめだから心配する必要ないってことはよく知ってるけど、俺みたいな底辺労働者にはならないように、しっかり勉強しろよ」

隣家の息子はそう言って、うちの息子の頭をぽんと軽く叩いた。

「こいつにこんなこと言われたくないわよね」

隣家の母親が茶化した。

でも、自分の息子がティーンの頃には彼女もよく「あんたアタシみたいになりたいの？　大人になってこんなに苦労したいの？」と怒鳴っていたのを覚えている。

そういえば、うちの配偶者も「俺みたいになるな」と言ってひどく息子を叱ったことがあった。あのとき、子どもにそんなことを言うのは悲しいことだと言って息子は泣いたのだった。

「自分みたいになるな」と言う大人たちが住む街を、息子はどんな目で眺めながら育ってきたのだろう。

配偶者と隣家の息子は、無言で右手の拳を突き合わせて、それから軽く抱き合った。そして隣家の息子はわたしのほうを向き、わたしたちもハグし合った。

「あなたたちがお隣でいてくれて本当に良かった。……また遊びに来て。いつでも」

「うん。いろいろありがとう」

「こっちこそ、ありがとう」

「グッド・ラック」

隣家の息子は自分の車に母親を乗せ、引っ越しのトラックを先導して走り去って行った。わたしは息子に袖を引っ張られるまでじっと立ってその後を見ていた。

一つの時代が終わった気がした。

翌日には新しい住人であるポーランド人の家族が挨拶に来た。快活で美しい母親と、優しそうでひょろっと背の高い父親と、彼に抱えられた生まれたばかりの赤ん坊の3人だった。

引っ越して来るのはまだ1か月以上も先だそうで、まず家の改装工事を行うという。若い世代はこんな内装は嫌いだからと、家を売り出す前に隣家の息子と母親がDIYで地道にリフォームしたバスルームもキッチンも、建設業者に根こそぎ引っ剝がされた。いま隣家では大規模な改装工事が進行中である。

人が変わる。家が変わる。そして街が変わっていく。

ブレグジットなんて何のこと？　それ、どこで揉めてるの？　と言いたくなるぐらい日常の光景は変化していく。

それはもう止まらない。

この街はきっと「自分みたいになるな」なんて言わない大人が住む街になるのだ。

8

君たちは社会を信じられるか

うちの地域の図書館の荒廃が著しい。というか、正確に言えば元図書館だった建物なのだが。

そこが閉鎖になったのは2年前のことだった。で、今年（2019年）、この建物をホームレスの方々のシェルターに使うと地方自治体が提案し、付近の住民を集めてその説明会を開いたところ、近所の人々が「界隈の住宅価格が下がる」「小学校のそばにホームレスのシェルターを作るなんてどういう了見だ」と怒りを爆発させたので、自治体から説明に来ていた女性が途中で泣いて帰ってしまった。

それから元図書館がどうなったのかというと、相変わらず放置されている。前庭に立てられた告知板に（むかしは絵本の読み聞かせ会や高齢者対象のミステリー読書会などの案内が貼られていた）、「自治体は地元の方々との会合を受け、シェルターの計画を検討中であり、近いうちに第2回説明会の案内を配布します」ということをビジネスライクな文章で綴った公告が貼られている。

前庭の草も伸び放題になって子どもが迷い込んだら見えなくなるぐらいの高さになっているが、最近では、ガラス張りの玄関のドアが打ち割られてベニアの板のようなもので塞がれている。続いて1階と2階の窓ガラスも割られてしまい、すべての窓に同じようなコルク色の板が打ち付けられている。

遠くから見ると、その姿はあちこちに絆創膏《ばんそうこう》を貼られた煉瓦づくりの箱のようだ。わたしたちの図書館は傷だらけである。

その上、コルク色のベニア板の上に、何者かが落書きまでするようになった。こんな田舎にバンクシーみたいなグラフィティ・アーティストが現れるはずもなく、そこに書かれているのは、いかにも近所のティーンがスプレーで適当に書きましたという感じの古式ゆかしい落書きだ。「FUCK」だの「BOLLOCKS」だのといった言葉と一緒に、青いスプレーで「KKK」と書かれている。

「クー・クラックス・クランが、図書館やホームレスの人たちのシェルターと何の関係があるんだろうね」

夕食時に息子が言うので、わたしは答えた。

「いや、あれはもう、このあたりで書かれる古典的落書きっていうか、20年前から、『KKK』って落書きされていたから。いったい意味わかってんのかなって」

「たぶん、なんとなく超デンジャラスな感じだからじゃない？」

「そう考えると、このあたりの落書きはほんとに進化しないっていうか、変わらない」

ブライトンでも街の中心部の落書きは、バンクシーも顔負けみたいな芸術的なものがあり、ものすごい手の込んだ大作が描かれていて観光客が写真を撮ったりしているが、うちの近辺は落書き事情も20年前から止まったままだ。

やる気のない単色のスプレーで、ムシャクシャしているので憂さ晴らしに公共の建物に「超デンジャラス」な言葉を書きつけてやるか、みたいないい加減な落書き。「ＫＫＫ」という破壊力ある言葉にしては、落書き初心者らしくゆらゆら流れている字体は、むかしから現在まで一貫して情けない。

都会の、というか繁華街のグラフィティは、芸術性があるだけでなく、強いメッセージ性がある。権威を嘲笑《あざわら》う風刺や、環境問題やＬＧＢＴＱイシューのような左翼的な主張を伝えていることが多い。それが、うちの近辺のような田舎の元公営住宅地に来ると、まるで時が止まっているようなしょぼいスプレー書きの「ＫＫＫ」だ。

グラフィティ格差、という言葉が浮かんだ。ＥＵ離脱の分析をしている人は、都市と田舎の落書きの違いも研究したほうがいいんじゃないか。

そんなことを考えていると息子が言った。

「ミーム（meme）のせいもあると思うけどね。ＫＫＫとか、ナチとか、そういうのを『ヤバくてクールなこと』と思わせるようなのも、あるもん」

ミーム（わたしの配偶者は、初めてこの言葉を見たとき「メメ」と読んで死ぬほど息子を笑わせた）とは、脳内に保存され、他者の脳に複製可能な情報と定義されている。いま息子が言っているのはインターネット・ミームのことで、こちらはネットを通じて人から人へと伝わっていく概念や行動、スタイル、習慣のことだそうで、画像や動画、ハッシュタグなどを通じてSNSで拡散されていく。

極右勢力や白人至上主義者たちがインターネット・ミームを使って勢力を伸ばしてきた事実はよく知られている。ティーンたちも、SNSを使っている以上そうしたものを目にする機会はある。

「やっぱり、学校でもそういうのが流行しているの？」

と聞くと息子は言った。

「ジョークっぽいのがたまに流れてくる。そういうのばっかり流している偏ったアカウントは僕は知らない」

さらっと息子の口からこのテのミームの話が出たので動揺して、わたしは聞いた。

「そういう動画とか見て、面白いと思う？」

「別に。でも、それ以前の問題として、なんか『笑わなきゃいけない』みたいなムードが一部にあるよね。全然面白くもないのに、笑わないと真面目でダサいやつと見なされると思って、別に笑いたくないのに笑ってる男子たちもいるから」

「どうして笑わないとダサいの?」

「だって、たとえジョークでもナチとか出てくる動画とか見てたら、先生や大人は怒るに決まってるでしょ。大人が本気で怒るものを見るのが面白いっていうか、反抗的で格好いいと思ってるんだよ」

うちの近所の落書きに20年前から登場するKKKにもそういう意味合いがあるのだろうか。

「喧嘩が強くて体も大きくて、女の子に人気があって、先生たちにも反抗するグループの男子たちがいるんだけど、彼らがそういう動画とか好きで、集まってゲラゲラ笑ってる。でも、本当に面白いと思ってるのかはわからない。僕はそういうグループとは関係ないから、気が楽。面白くないものは面白くない、で済ませられるもん」

と息子は言った。

マチズモというやつは、きっと少年たちにとっても厄介なものなのだ。息子はいまのところそういうのには関心がなさそうだが、もう少し成長したら変わるのだろうか。

「そういう年齢なんだよ。ほら、ヘンリー王子だって、むかしナチの制服か何か着てボロクソに叩かれたことがあっただろ」

少し離れた場所でわたしたちの話を聞いていた配偶者がそう言った。

「そう言えばそうだったね……」

「ミームだかメメだか知らんけど、さも新しい現象のように言われてるけども、ナチでワルを気取るガキは昔からいたよ。パンクだってシド・ヴィシャスはナチのカギ十字のTシャツ着てたんだし、真似をしていた連中はたくさんいたよ」

「ああ、確かに……」

「大人がそういう自分たちの過去をすっかり忘れて、自分は汚れなき市民です、みたいな顔して、いまどきのティーンは末恐ろしいとか世の中が狂い始めたとか言うの、ちょっと違うんじゃねえの」

配偶者がそう言うと、息子が振り返って彼のほうを見ていた。

「過激なものは格好いいと思う年ごろなんだよ。いつの時代も、あんまり思春期のガキのやることって変わらねえように思うけどなあ」

配偶者はそう言って、ボリボリ柿の種を食べていた。あんまり好きなので、日本に行ったときに、スーツケースの3分の1は柿の種かというぐらい大量に買ってきたのだが、彼がビールだけでなくティーのおつまみにどんどん食べるものだから、もう半分ぐらいなくなっている。

社会を信じること

日本の台風19号による河川の氾濫の映像が英国のニュース番組で繰り返し流れていた。水の怖さを思い知らされるような映像を眺めながら、「日本は天災の多い国やけん、それはもうしょうがないけど、人災はなんとかしてもらわんと」と言っていた湯布院の温泉旅館の若旦那を思い出していた。

「東京の避難所からホームレスの人が追い返されたんだってね」

テレビのニュースを見ていた息子がわたしのほうを見て言った。東京の台東区の避難所の話は、左派のガーディアン紙、中道のインディペンデント紙、保守のデイリー・メイル紙まで幅広く取り上げられ、BBCでも報道された。

「ひどい話だよね」

とわたしが答えると、息子が言った。

「けど、英国も一緒だよ。この近辺の人たちだって、図書館の建物にホームレスの人たちを受け入れるの、拒否してるから」

「……」

「実は、国語のスピーチのテストで、そのことをテーマにしたんだ」

「え、スピーチのテストとかあるの？」

「うん。例えば、人種差別とか、気候変動とか、テーマを決めて500ワードでスピーチの文章を書いて、それをクラスで読み上げないといけない」

話を聞いてみれば、英国のGCSE（中等教育修了時の全国統一試験）の国語の試験には、スピーチのテストがあるらしい。自分で5分程度のスピーチの内容を書いて、それを話す様子を録画したテープが試験官に送られるそうだ。だから、いまのうちから授業でその訓練として、スピーチの書き方のメソッドを習っているらしい。それが息子たちの先生のオリジナルなのか、有名な手法なのかは知らないが、「5S」というメソッドに従って書くことになっているそうだ。「Situation（聞き手が想像できるようなシーンを設定して議論を始める）」「Strongest（演説の最も重要な主張を提示する）」「Story（個人の経験談を用いて自分の主張を裏付ける）」「Shut down（反論を封じ込める）」「Solution（処方箋を提案する）」の5つのSの順番でスピーチの文章を書き進めていくという。

「ほかの子たちはどんなテーマを選んだの？」

「女子は摂食障害を選んだ子が多いかな。ドラッグの問題やLGBTQで書いている子もいる。オリバーは、ポリティカル・コレクトネスについて書いてるんだって」

「そりゃまたえらく現代的だね」

「お父さんと大学生のお兄ちゃんがよくそれで議論になることがあっていろいろ漏れ聞いているから、一番書きやすいんだって」

13歳や14歳の中学生がこんなテーマの数々を論じるなんてちょっとすごいんじゃないかと思った。

「で、あんたはホームレスの問題を選んだの」

「最初は図書館とシェルターの話にしようと思ったんだけど、家族が反対運動に参加している子たちもいるから、言いづらいこともあって……」

口ごもった息子の横顔を見ながら、わたしはダニエルの父親のことを思い浮かべていた。元図書館の建物の近くに不動産を持っているというダニエルの父親は、元図書館をホームレスのシェルターにする案に反対する運動を立ち上げていた。最近も、近所の小学校の下校時間に、校門前で彼と数人の人々が反対運動のビラを配っていた。

息子がこの問題についてどんなスピーチをするつもりなのかは知らないが、ダニエルの友人である彼には確かに微妙なテーマである。

「だから日本の避難所で起きた問題を題材にすれば、よその国のことだと思う人はそう聞くだろうし、図書館のことも同じじゃないかなと思う人はそう思うだろうし、そのぐらいならやりやすいと思って」

と息子は言った。ホームレスの人々に対する差別的な発言が多くなったというダニエルに遠回しに意見するつもりなのかもしれない。が、それだけでこのテーマを選んだわけでもないのかなと思う。2年ほど前、大雪の日にホームレスのシェルターに連れて行って以来、彼はホームレスの問題に関心を持っていて、あの日シェルターにいた人に貰ったキャンディーをいまでも持っている。

「ホームレスの問題をテーマにした子は他にもいるの？」

と聞いてみたら息子が首を振った。

「実は、僕のテーマはホームレスの問題じゃないんだ」

「え？　違うの？」

意外だったので尋ねると、息子は真っすぐこちらを見て答えた。

「うん。テーマは『社会を信じること』っていうんだ」

何かめちゃくちゃ深淵な答えが返ってきたことだけはわかった。が、ホームレスの避難所問題と社会を信じることがどうつながるのかはわたしにはわからなかった。

「いいテーマだと思うけど、それがどう日本で起きたこととつながるの？」

「ちょっと想像してみて。ものすごい巨大な台風が来ていて、雨風も激しくなって、ここに入れてくださいってホームレスの人が訪ねてきた、その避難所に自分が勤めていたとするでしょ。そこで『ダメです』って言った人のことを僕は考えてみた」

「うん……？」

「避難所にいないと危険なぐらいの嵐だよ。そんなときに『あなたはダメです』って追い返したら、命にかかわるとわかってる。その人に何かあったら自分のせいだ。そんなの嫌だよね」

「それは、絶対に嫌だよね」

「だったら、どうしてその人はダメって言えたの？」

確かに、人間にとって誰かが自分のために亡くなるかもしれないという状況は究極の心の負荷だ。誰だってそんな重荷を負う決断は下したくない。だったらなぜ追い返すことができたのだろう。

「……たぶん、その人はそのとき自分のことは考えていなくて、というか、自分のことを考えていたとしても、それは避難所にいるほかの人たちとか、一緒に働いている人たちが自分のことをどう思うかということを考えていて、なんていうか、うまく言えないんだけど、本当には自分のことを考えてなかったんじゃないかな」

あの出来事の後で、日本のネットでは「日本人は自分のことばかり考えて他人のことを考える余裕がなくなっている」みたいな主張が散見された。が、息子はちょっと違うことを考えているようだ。

「避難所にいるほかの人たちとか、そこで働いている人たちは、みんなホームレスの人を受け入れたくないはずだと考えたから、追い返したんじゃないかな。ライフ・スキルズの授業で、先生が『社会とは、早い話が、あるコミュニティの中で共に生活している人々の集団』って言ってた。だとしたら、ホームレスを追い返した人は、避難所という社会を信じていない」

「……」

社会を信じる《ビリーヴ》、と息子は言ったが、それは社会に対する信頼《トラスト》と言い換えることもできる。

これはより大きなスケールでの「社会」にも拡大できると思った。ホームレスの人を受け入れなかった避難所は、メディアや一般の人々からも激しく非難されることになった。そうなることを予見できなかった避難所の職員は、社会を見誤っていた、というか、見くびっていたのだ。

逆にその職員が、社会の人々も自分と同じように感じるはずだと信じることができれば、社会には必ず自分の決断を後押しする人々もいると信じることさえできれば、たとえ規則や慣習がどうなっていようとも、現場や個人の判断で誰かの命を守ることはできるはずなのである。

「社会を信じること、か……。そのテーマ、スピーチのテストには大きすぎる」

とわたしが漏らすと、息子が忌まわしそうに言った。

「だから僕のスピーチ、もう300ワードもオーバーしてて、それでも結論に辿り着けなくて……。こんな問題の解決策なんて僕にはわからないもん。スピーチの点数、すごく低くなるかも」

「社会を信じるための処方箋とか、そんなの大人でもわかんないよ」

「結局は『でも僕たちはそのことを考えるのをやめてはいけない。ずっと考えていかなきゃいけない』みたいな、よくある終わり方になっちゃいそうな気がする。退屈な結論だから、やっぱりいい点数は貰えないかもね」

「そこまで大きなテーマを選んだんだったら、もう点数なんてどうでもいいよ。すごく難しいことは、バシッと言い切れる結論にはならない。何かを言い切ったほうがエンターテイニングだけど、わからないって正直に終わるのもリアルでいい」

いつの間にか物書きの立場から真剣に喋っている自分にハッとしたが、こんなことを息子と話せるようになるとは思わなかったのでしみじみと彼の顔を見た（そして、執筆の役にも立つんじゃないかと思って、スピーチ文の構成に関するプリントをコピーさせてもらったのは言うまでもない）。

本物の落書き犯は

それからしばらく経ったある日の夕方、コミュニティ・センターで制服リサイクルのボランティアの会合があった。それに出席した後、久しぶりに会ったママ友の家に寄って駄弁《だべ》っているとすっかり遅くなってしまい、帰りはもう真っ暗になっていた。

夜道を急ぎ足で帰宅していると、薄暗い街灯に照らされ、鬱蒼と伸びた草に囲まれた絆創膏だらけの煉瓦の四角い箱が見えてきた。

荒れ果てた元図書館は、夜に見るとけっこう不気味だった。

図書館の前にバス停があるので、昼間はそれでも舗道に人が立っていたりするのだが、夜になるとひっそりと静まり返ってまるで幽霊屋敷みたいだ。建物の脇を早足で通り過ぎていると、ほの白い街灯に照らされてシャッターの上にスプレーで落書きされた「ＡＳＢＯ」という文字が見えた。よく見ると、壁や窓に打ち付けられた板の上にも「ＡＳＢＯ」と書かれている。

「ＡＳＢＯ」とは、「Anti-Social Behaviour Order（反社会的行動禁止命令）」の略称だ。ブレア政権時代に制定された、放火、破壊行為、暴動、ドラッグ・ディーリング、窃盗などの反社会的行動を取り締まる命令のことである。「ＡＳＢＯ」は「ブロークン・ブリテン」という言葉とセットで、荒れた下層社会やアンダークラスの若者たちを表す言葉になった。それは「チャヴ」と同じように、最初は差別用語として使われていたが、そのうちティーンたちがワルぶって使う流行語になって、落書き用語としても使われるようになった。「ＡＳＢＯ」と「ＫＫＫ」が並んでいる元図書館の壁を眺めながら、この界隈の落書きも全然変化が見られないわけじゃなかったんだなと思った。

角を曲がって図書館の建物の正面に辿り着いたときだった。伸び切った雑草の向こう側に人影がうごめいているのが見えた。心臓がどきりとした。ジャケットのフードを立てた３人のティーンたちが、スプレーで図書館の玄関の脇の壁に落書きをしている最中だった。

驚いて立ち止まりそうになったがそのまま歩き続け、ちょうど彼らの前に差し掛かったとき、その１人が高く伸びた草の向こうで何気なくこちら側に顔を向けた。

えっ、と思ってわたしは思わず立ち止まった。

ティーンではなかった。

若者ですらなかったのである。

それはわたしが知っている顔だった。地域の学校に子どもを通わせている保護者の1人だ。向こうもわたしの顔に見おぼえがあったのだろう、ハッと驚いたような顔をして、とっさに反対側に顔を向けた。その反応に気づいたのか、隣に立っていた人もこちらを向いた。それもまた、見たことのある大人の顔だった。呪わしいことに、わたしはこの人のこともずっと昔から知っている。

わたしは黙って顔を下に向け、急いでその場から立ち去った。

「ASBO」というへたくそなスプレーの落書きの文字が頭にこびりついていた。

反社会的行動禁止命令が適用される行為の中には、「物乞い」も含まれていたことを思い出したからである。

不良ぶってティーンが書いたと思っていた言葉は、ティーンの子どもを持つ親たちに書かれたものだったのだろうか。彼らは、10代の子どもがやったと見せかけるためにわざわざあんな言葉を選んで書きつけたのか。

それとも、ホームレスは反社会的行動を行う人々であるという彼らの主張や、この界隈に受け入れるわけにはいかないという意味を込めてあの言葉をスプレーしたのだろうか。

考えてみれば、元図書館は閉鎖されて2年以上になるが、ホームレスのシェルターにする計画が発表されるまで、落書きされたこともガラスが割られたこともなかった。放置されていても、ティーンが図書館に悪さをするようなことはなく、絆創膏だらけの煉瓦の箱のような姿になったことは一度もなかったのである。

公共の建物に落書きするという破壊行為《バンダリズム》は、りっぱな「ASBO」適用行為の一つだ。反社会的行動を行っているのは、いったい誰なのか。

ひたひたと早足で歩く帰りの道はいつもより長く、暗く感じられた。

「社会を信じること」という言葉が頭の中をぐるぐる回っていた。

9

「大選挙」の冬がやってきた

ア・ビッグ・エレクション。大選挙、とでも訳しておけばいいだろうか。今回の選挙のことを多くの人がそう呼んでいる。

英国では12月12日に総選挙が行われるのだが、今回はうちの息子の学校でも「スクール総選挙」なる催しが行われる。大人が総選挙で投票するのと同じ日に、全校生徒が学校の中に設けられた投票所で投票するというのだ。そのために、生徒たちはシティズンシップ・エデュケーションの時間に各政党のマニフェストを先生と一緒に読んでいるらしい。NHS(国民保健サービス)、EU離脱、教育、気候危機の4つの分野に絞って政策を読み、みんなで話し合ったりしているそうだ。

どうりで息子が新聞やネットで選挙関連の記事を読んでいると思っていたら、そういうことだったのである。

しぜん学校でも、よく選挙や各党の政策の話題になるらしい。

「全政党に投票できるのか？　ブレグジット党とかに投票してもいいことになってんの？」

配偶者が興味津々で尋ねると息子が答えた。

「できるんじゃないの？　ジョークで入れる子とかいるかもね」

ブレグジット党というのは、以前、ＵＫＩＰ（イギリス独立党）という政党の党首だったナイジェル・ファラージが設立した新政党だ。ＵＫＩＰはＥＵ離脱の国民投票のときに離脱派を率いた。大勢の移民の写真を使ったポスターで非難を受けたりして、排外主義的と批判された政党である。その後、党首が交代すると支持を落とし、元党首のファラージは離党して新たにブレグジット党を立ち上げた。

英国の子どもたちは、自分の親がどの政党を支持しているかをけっこう話したりしている。とは言え、ここ数年はそれもちょっと様変わりしているらしい。息子によれば、保護者がどの政党を支持しているかを学校で堂々と明かすのは、リベラルな残留派の家庭の子たちだけだという。

やっぱり両親がブレグジット党やＥＵ離脱を支持しているというのは、なんとなく言いづらいのだろう。口にしづらい原因の一つは、たぶんブレグジット党党首のファラージの存在だ。この人がなんというか、喋り方や表情などが個性的であることから嘲笑されやすく、離脱派と言うと、「ナイジェルの支持者」と笑われてしまうから黙っている人も少なくないはずだ。

そんなナイジェルは息子の学校の少年・少女たちの間でもジョークのネタとして定着して

いるようで、先日も音楽部の部室でこんなことを言ってみんなを笑わせた子がいたという。

「ナイジェルが首相になったりしたら、〇〇や〇〇と一緒に演奏できなくなっちゃうよ」

〇〇の一つのほうには、うちの息子の名前が入っていた。

「え、そんなこと言ったの？　みんなの前で？」

それを聞いたとき、わたしはぎょっとして、食事の手を止めた。

「うん」

「……でもそれって、あんたやもう1人の子は外国人の親を持っているから、ってことでしょ？」

息子は平気な顔をして夕食を食べている。脇に座っている配偶者も、いつもとまったく変わらない様子でナイフとフォークを動かしていた。

「誰が言ったの、それ」

少し強い調子でそう言うと、2人ともわたしの顔を見た。

「デニス」

音楽部の部員でも、とくに息子と仲のいい子の1人だ。

「彼はナイジェル・ファラージが人種差別的だってことをからかってたんだよ。別に僕らのことを外国人の親がいるからどうのって言ってたわけじゃない」

「……でもなんか、残酷じゃない？」

2人がまじまじとこちらを見ているので、ちょっと怯《ひる》みそうになったがわたしは続けた。

「だってそれ、あんたは英国人に見えないからってことでしょ」

「けど、それは本当のことじゃん。僕はアジア系の顔してるし、もう1人の子はインド系だし」

息子は淡々と言う。

「そう言われたとき、どうしたの？　あんたもみんなと一緒に笑ってたの？」

「うん」

釈然としない気持ちで息子を見ていると、配偶者が会話に入ってきた。

「おいおい、おめえ、なんかそれ、またポリティカル・コレクトネスのイシューにしようとしてる？　そこでは笑っとけと俺も思うぞ」

息子もその言葉に黙って頷き、2人はまたもくもくと食事を始めた。

が、わたしには強い違和感が残った。

ナイジェル・ファラージの排外主義をジョークにするために、自分の身の回りにいる白人以外の人たちを指して、「彼が首相になったりしたら、この人たちはここにはいられなくなるかも」と言う。おそらく、その少年の両親は残留派で、ファラージや離脱派のことをジョークにして笑っているのかもしれない。排外主義は悪いことで、愚かしいことだから、何かにつけて皮肉っているのかもしれない。

でも、そのためにその少年が白人ではない子どもたちを名指しして、笑いを取る材料に使ってもいいのだろうか。

そのときにファラージと同じようにジョークのネタにされている子どもたちの気持ちはどうなるのだろう？　どんどん取り散らかって行く考えの進む先を一心に追っていると、テーブルの向こうから配偶者が言った。

「またなんか、延々と考え始めてるだろ」

「もちろん」

そう言ってわたしが配偶者を睨《にら》むと、クスッと笑いながら息子が椅子から立ち上がり、自分の部屋に上がって行った。

「どうせまた、わたしはいい年してスノー・フレイクだって言いたいんでしょ」

わたしは配偶者に言った。スノー・フレイク。それは、ポリティカル・コレクトネスにうるさい若い世代のことを、上の世代が揶揄《やゆ》して使う言葉だ。「雪片のように壊れやすく、傷つきやすい」という意味である。

「ははは。言ってねえじゃん」

だいたい、わが家でスノー・フレイク世代と呼ばれるべきは息子である。それなのに、クスッとか笑われて、黙って2階に上がられると、わたしは置いてけぼりではないか。

「だって、ひどいジョークだと思わない？」

「デニスって、ミドルクラスの育ちのいい子で、ソフトな印象の、そんな悪い子じゃないよ。音楽部の練習で遅くなったときに、ついでに何回か車で送ったことがあるから知ってるけど」

「そりゃ、本人に悪気はなかったのかもしれないけど、だからこそこういうのは根深いんじゃないの」

「つつったって、子どものやることだから。まあたまにそういうこともあるだろ」

「傷つかなかったのかな」

「は？」

「あんなこと言われて、傷つかなかったのかな」

わたしがそう言うと、配偶者は肩をすくめながら言った。

「全く何も思わなかったことはないかもな」

「……」

「だけどまあ、笑ったんだろ。だって、自分だったらそうするだろ？　自分の子どもだからそういう風に心配するけど、自分があの年齢で同じシチュエーションだったら、けっこう笑ってるんじゃないの？」

と言われて、確かに自分だったらブラック・ジョークとして笑って流しているような気もした。

「そりゃわたしはそうかもしれないけど。でも、わたしとかあんたとかは人間が粗雑だから」

「だから、あいつもそうなってきたんじゃないの？」

「えっ？」

「俺らに似てきたっていう意味じゃなくて、大人になってきたって意味で」

「……」

「ラフ（粗雑）とかタフとかってのは、大人になるにつれ身に付く性質だから」

ラフ＆タフとか、何を急に韻を踏んだりしてラッパーみたいなこと言ってるんだろうと思った。大人ぶっている配偶者こそ、ここのところティーンの息子の影響を受けすぎである。

ミセス・パープルの受難

息子の学校の教員の1人であるミセス・パープルは、草の根の労働党員であり、選挙前になるととても忙しそうだ。地域の労働党の候補者の集まりでは必ずボランティアをしているし、いろんなところでビラを配っている。

先日も、ロンドン・ロードという、ブライトンの中心部の東のはずれにある、けっこうガラの悪いことで知られている（「むかしのロンドンのイースト・エンドみたいに汚くて俺は好き」

と配偶者は言う）ストリートで労働党の赤いビラを配布していた。

歩行者天国になっている路地とメインの道路の交差点のあたりにテーブルを出して、その上にたくさん労働党のチラシを載せ、回りを赤い風船で飾ったりして、ちょっとした労働党のキャンペーン・ブースみたいなものを作っている。

ミセス・パープルは、ジョン・レノンみたいな丸い眼鏡をかけた若い男性と2人でブースの脇に立ち、道行く人にビラを渡しながら、「我々のNHSを守りましょう」「緊縮財政を終わらせるのは労働党だけです」と叫んでいる。その声は野外マーケットで野菜を売っている人たちみたいに練熟した抑揚と張りがあり、いかにも選挙運動のベテランという感じだ。

彼女が制服のリサイクル活動のリーダーだった頃には、修繕が必要な制服をうちに持って来てくれたり、繕《つくろ》いが終わった分を取りに来てくれたりしていたが、最近はすっかりご無沙汰だ。ミセス・パープルは、いま、生理用品の無料配布に奔走していて、息子の中学で生理用品を配布するだけでなく、市内の図書館に自由に持ち帰りできる生理用品を設置する運動にも関わっている。貧困や労働の問題、反緊縮運動に熱心な彼女が、今回の選挙に全力を注いでいるのは当然だろう。

「あれ、ミセス・パープル？」

バス停からの道すがら、彼女の姿に気づいた息子が言った。

「あ、ほんとだ。ちょっと挨拶して行こうか」

と言って息子と2人でミセス・パープルのほうに近づいて行ったが、ビラを手渡した若い女性に何か聞かれて、彼女が熱弁を振るい始めたところだったので、わたしたちはそのまま週末の人ごみに紛れて立ち去った。

そして買い物を終えて再びバス停のほうに戻るとき、今度こそミセス・パープルに挨拶しようと思ったのだが、また彼女はニット帽を被った中年男性と熱く話し込んでいる。

「ミセス・パープル、忙しそうだね」

遠くから見ていると、急に中年男性が大声を出した。ビニールの大きな買い物袋をさげて歩いていたふくよかなジャージ姿のカップルまで立ち止まり、何ごとかをミセス・パープルに向かって叫び始めた。すると芋づる式に人々が足を止め始め、ちょっとした人垣ができている。

「あ、なんかヤバい。ちょっとヤバい。ミセス・パープルがやられている」

息子が脇でそう言った。人垣のほうに向かって歩いて行くと、いまやニット帽の男性とふくよかなカップルだけでなく、何人かの中年男性もミセス・パープルのそばに立って罵倒を浴びせている。

「お前らの党首は、選挙で勝ったらまた国民投票をやるんだろうが！」

「あたしたちは民主主義でブレグジットを決めたんだよ。民主主義を踏みにじってるのはあんたたちのほうだ。偽善者政党！」

「貧困、貧困って、EUに残るために貧困問題を使うな！　きれいごとばかり言いやがって、お前らが貧困の何を知ってるんだ！」

　ジョン・レノン眼鏡の男性が、彼女と彼女を罵倒している人たちの間に割って入り、「落ち着いてください。そんなに叫ばなくてもいいでしょう」と言うと、唐突に激高した中年男性の1人が彼の肩を強く押した。

「俺が喋ってるときに、遮《さえぎ》るな！　お前らはいつも俺を黙らせようとする！」

　言っているうちにさらに興奮してきたのか、中年男性は続けて2回男性の肩を押した。いまにも殴り掛かりそうな形相だ。すると今度は、それを見ていた見物人の1人が「暴力はやめろ！」と躍り出てきて、ジョン・レノン眼鏡の男性の肩を押した男性を後ろから羽交い絞めにした。「何様のつもりなんだ、貴様」「その手を俺のダチから離せ」とか言って肩をいからせて別の男性たちも近づいてきた。

「ポリスを呼ばないとダメでしょ、ポリス！」

と言って、息子がわたしに買い物袋を渡し、野外マーケットのほうに走って行った。黄色いベストを着たコミュニティ・ポリスの警官が2人、マーケットでパトロールしていたのをさっき見たからだ。が、息子が道路を渡ろうとしたとき、すでに警官たちはこちら側にむかって横断歩道を小走りに渡ってきていた。

　警官たちがやってくるとミセス・パープルたちを取り囲んでいた人々が道を開けた。男性警官が肩をいからせて怒鳴っている男性たちを押さえ、女性警官が中年男性を羽交い絞めにしていた見物人の手を離させた。人垣が散り散りになって、人々がそれぞれの方向に再び歩き始める。

息子がわたしのほうに戻ってきて言った。

「中学生の喧嘩とちっとも変わらないじゃん」

前に息子が見せてくれたインスタグラムの投稿動画を思い出した。「ファイト《戦え》！　ファイト！　ファイト！」と煽る生徒たちの人垣と、その真ん中で取っ組み合いの殴り合いをしている男子生徒たち、笛を吹きながら走ってくる体育の先生。確かに似たようなシーンだった。

女性警官が「大丈夫ですか？」とミセス・パープルに話しかけていた。ミセス・パープルは真っ青な顔をして、起きたことを警官に説明しているようだ。

「帰ろう。ミセス・パープル、忙しそうだから」

息子がそう言ってわたしの手から再び買い物袋を取った。

「うん、そうだね」

わたしもそう答えてバス停に向かって歩き始めた。

ぜんぜん会話になってない

11月の終わりに、チャンネル4が党首討論を放送した。ティーンの子どもたちによる気候変動対策を訴えるデモの影響もあるのだろう、今年は初めて、選挙前に「気候危機」をテーマにした党首たちのディベートが行われたのだった。

うちの息子の学校では、授業を休んで環境デモに参加することは許されなかったが、やはりティーンたちは気候変動の問題に大きな関心を持っているようで、この番組が放送されることは友人たちの間でも話題になっていたらしい。当日、夜間シフトで働く配偶者が仕事に出て行った後、わたしと息子はテレビの前のソファに座って番組を待っていた。

番組が始まると、有名な司会者が中央に立っていて、その背後に7つの演壇が並んでいた。が、7つの演壇に5人の党首しか立っていない。右端と左端の無人の演壇には、地球を模《かたど》った大きな氷の塊が載せられていた。

司会者が、保守党党首のジョンソン首相と、ブレグジット党のファラージ党首は、党首討論への出演を断ってきましたと告げた。つまり、地球の形をした氷が置かれている2つの演壇は、彼らが立つべき場所だったのである。

「すごいブラック・ジョークだね」

と息子が感心したように言った。保守党のジョンソン首相とブレグジット党のファラージ党首は、環境問題には関心がないことで知られている。地球温暖化や気候変動の問題について、両政党はこれといった政策も出していない。番組が進み、時間が経てば経つほど、彼らの演壇に置かれた氷は溶けていく。

政治家が不在の間に溶けていく氷の塊。これほど痛烈な風刺はないだろう。

労働党のコービン党首やSNP（スコットランド国民党）のスタージョン党首などが、気候変動への取り組みについて自分の党の方針をアピールするかたわらで、テレビのスクリーンの両端の氷は、ぽとぽと雫《しずく》をしたたらせながら少しずつ溶けていった。

テレビのカメラは、その様子をいろんな角度から、定期的にそれとなく映して見せる。討論が始まってしばらく経った頃、息子が口を開いた。

「うーん、最初は面白いなと思ったんだけど……」

膝にクッションを抱いてテレビを見ながら、息子はぼそっと言った。

「ずっと見ていると、なんか、なんとなく嫌な感じになってきた」

「確かにちょっと、やり方がくどいよね……」

「ジョークとしては面白いし、いいアイディアだと思う。これがコメディー番組ならね。でも、たとえば、保守党やブレグジット党を支持している人たちは、こんなことされたら、バカにされたと思ってすぐチャンネルを替えるんじゃないかな」

「まあ、そうだろうね」

「でも、本当はこういう番組を見るべきなのは、保守党やブレグジット党を支持している人たちじゃないの？　緑の党や労働党を支持している人たちは、もともと環境問題に関心がある人たちだから。……やることが子どもっぽいと思う。ただ空席にしておくほうがクールだよ」

数日前、ミセス・パープルが街でからまれたとき、「中学生の喧嘩と変わらない」と息子が言ったのを思い出した。EU離脱の国民投票以降、息子たちの世代は、大人がこんな風にメディアや往来で言い争っている姿ばかり見ている。そりゃあ「子どもっぽい」と言いたくもなるだろう。どんな形になるにせよ、EU離脱にカタがついたとき、その経緯を見ながら育った世代は、きっとブレグジット・ジェネレーションとか呼ばれて、年長者より落ち着いた達観した世代と言われているんじゃないだろうか。

「こないだ、ミセス・パープルがやられてたときだって……」

息子はそう言ってわたしのほうに向き直った。

「みんな怒鳴ったりしているだけで、ぜんぜん会話になってない。あのとき、ミセス・パープルの仲間の肩を押した男の人がいたでしょ。あの人、『お前らはいつも俺を黙らせようとする』って言ったんだ。あれはどういう意味なんだろう」

息子はそう言って少し俯いた。

「人を黙らせる、ってどういうこと？」

「誰かが喋ってるのを強制的にやめさせるか、または、喋るチャンスを与えないってことだと思う」

と答えてから、わたしは息子に聞いてみた。

「あんたは、充分に喋る機会を与えられていると思う？　友達や先生や母ちゃんや父ちゃんやいろんな人たちに、ちゃんと自分の声を聞いてもらっていると思う？」

「もちろん。僕は声が大きいし、よく通るから、ボリュームを落とせって言われることはあるけど、いつも僕の声をみんなに聞いてもらってる」

「はは。そりゃあんたはそうだろうね」

「だから、あのときちょっと考えたんだ。あの人、自分の言葉を遮られたときにブチ切れて、ミセス・パープルの仲間の肩を押したでしょ。急に、本気で怒ったよね」

そういえば、と思った。わたしはなんとなくガラの悪い離脱派のおっさんにミセス・パープルがからまれていると思って見ていただけで、具体的に何が暴力を誘発したかということには気づいていなかった。

「あの人、自分の声は誰にも聞いてもらえないと思ってるのかな」

「まあ暴力的な言葉を使う人だったし、人に嫌な思いをさせたり、怖がらせたりするから、それで聞いてもらえないのかもしれないけどね」

「だけど、人をなんとなく嫌な気分にさせるのは、あの氷だって同じじゃない」

息子はそう言ってテレビを指さした。

「でも、あれは人を怖い目に遭わせてるわけじゃないから」

と言ったところでわたしは考えた。あの、どんどん氷が溶けていく映像にしても、もしかして地球の温暖化について強迫観念を持った人が見たら、けっこう怖いのかもしれなかった。テレビでは、気候変動による危機的状況は日々明らかになっていて、いま政治がアクションを起こさなければ手遅れになってしまうこと、未来の世代のためにもう耳を塞ぎ続けてはいられないことを、党首たちが熱く語っていた。それぞれの党の政策をアピールし、ライバルの党の政策を批判し、批判されたほうはまた相手を批判して、自分たちのほうが正しいことを主張してマウントを取り合っていた。彼らは自分たちの声を聞いてもらう機会を最大限に利用しようとしている人たちなのだ。

他方、自分の声を聞いてもらう機会を放棄した人たちの演壇に置かれた氷は、いまやスピードアップした速度で雫をしたたり落としている。

「ぽと《ドリップ》、ぽと《ドリップ》、ぽと《ドリップ》」

息子がテレビを見ながら呟いた。そしてしばらく経つと飽きたように欠伸《あくび》して、「おやすみ」と2階に上って行った。

10 ゆくディケイド、くるディケイド

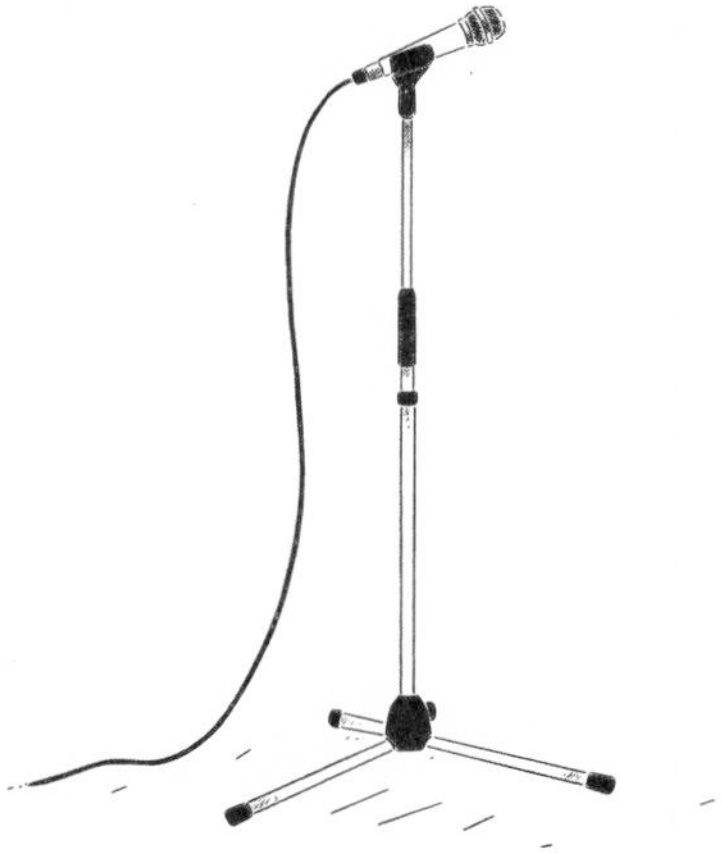

12月12日の英国総選挙は、保守党の大勝利に終わった。同じ日に行われた息子の学校の「スクール総選挙」では、逆に労働党が圧勝し、2位は緑の党、3位は保守党になったそうだ。

「大人の選挙とは、真逆の結果になったね」

わたしがそう言うと、息子は呆れたように首を振りながら言った。

「大人はちゃんとマニフェストを読んでないいんじゃないの？」

その翌週は恒例の音楽部のクリスマス・コンサートだった。選挙の結果も関係しているのか、今年（2019年）のコンサートは校長のこんなジョークで幕を開けた。

「ドナルド・トランプが今年は深夜ミサに行かない理由は何？」

英国名物の1人なぞなぞスタイルのジョークだ。客席はしーんとして校長の答えを待っていた。日本の漫才みたいに「何やねん」と突っ込んでくれる人はいない。

「FAKE PEWS」

PEWSとは、教会の祈禱席という意味だ。「フェイク・ニュース」にかけたらしい。すべったというほどでもなかったが、まばらな笑い、という感じの気の抜けた反応だった。しかし、校長が政治ネタのジョークを飛ばすのは珍しかった。

実はブライトンは、大人たちの総選挙でも、息子たちの学校と同じ結果になっている。BBCの選挙結果マップを見ても、周辺地域はすべて保守党のシンボルカラーの青に染まっているのに、ブライトン&ホーヴ市の選挙区3区だけが労働党の赤と、緑の党の緑色の2色になっていて、陸の孤島と化している。

こういうのを見ると、ブライトンは現代の英国では特殊な場所になったのだろうかと思うが、そんなリベラル色の強い地域柄もあってか、音楽部のコンサートでも大きな問題が持ち上がった。毎年、コンサートの締めに演奏されている、例えるなら紅白歌合戦の締めの「蛍の光」のような楽曲を、今年は演奏すべきではないという議論が巻き起こったのである。

その曲は、ポーグス&カースティ・マッコールの「Fairytale of New York」だ。

ことの発端は、BBCのラジオDJが、もう12月にこの曲をかけるのはやめると宣言し、こんなひどいリリックの歌は放送禁止にするべきだと言って話題になったことだった。

「ラジオは『Fairytale of New York』を禁止するべきだ。『ヤク漬けの尻軽女』『あんたはカス、安っぽい汚らしいおカマ野郎』とか、車の後ろの席で子どもたちに歌ってほしい曲だろうか?」

「これは気分を害するチャヴの戯言《ざれごと》だらけだ。僕たちはもっとちゃんとできるはず」

そのＤＪはツイッターにそう書いた。

個人的にこのニュースを読んだときには、どうしてここで「チャヴ」という、やはり他者を侮辱している言葉を使う必要があるのかと思い、昨今リベラルが嫌われている理由がまさにそこに見えたような気がしたが、息子の学校の音楽部では、「SLUT（尻軽女）」と「FAGGOT（おカマ野郎）」はさすがにもう歌ってはいけない言葉だろうと主張する部員が出て来たという。「SLUT」は女性に対する侮蔑の表現だし、「FAGGOT」は言わずもがなである。

「ＬＧＢＴＱの問題に関心がある者なら誰だってこの歌は演奏できるはずがない」

「フェミニズムの見地からもこれはダメ」

と主張する部員たちもいれば、

「だけどこれは１９８０年代に作られた曲で、しかも歌詞の中に登場するカップルは年を取っている設定で、さらに古い世代の人たちだったってことだから、お芝居のキャラクターのセリフと同じでしょ。それでもダメなの？」

「ＰＣ（ポリティカル・コレクトネス）のためにこんな名曲が葬られるのはよくない」

と反論する部員たちもいて、部内の意見が真っ二つに分かれてしまったらしい。

「いまから12、13年前、あんたがまだ赤ん坊だった頃、ＢＢＣラジオがその２つの言葉に、ピーッを入れて消したことがあったんだよ」

そうわたしが教えると、息子は目を丸くした。

「えっ、本当にそんなことがあったの？」

「うん。いま考えるとおかしいけどね、そこのところだけ消していた。でも、激怒したリスナーからＢＢＣに苦情が殺到したんで、すぐもとに戻した。すごい、いい曲だからね、のってきたところでピーッが入ると無性に腹が立つってみんなが言ってたのを覚えてる」

「ああ、それは想像できる……」

「ライブ演奏なら、その言葉のとこだけ歌詞を変えるテもあるよね」

「それはすでに言ってる人たちがいる」

それからもしばらく部内で議論が続けられたようだが、結局、音楽部全体としては「Fairytale of New York」を今年も演奏することに落ち着いたらしい。演奏したい部員のほうが多かったからだ。

が、次の問題は、この男女のデュエット曲を誰が歌うかということだった。息子の学校の音楽部には、コーラス隊があり、歌のうまい女子たちが何人もいるのだが、ＰＣ騒動のせいか自分から歌いたいと志願する子がなかなか出てこない。

もともとコーラス隊の中には男子生徒が少ないうえに、去年までこの歌を歌っていた芸達者なシンガーが卒業してしまい、後継者が育っていないらしい。

「最悪のときは、あんたが歌えば」

と言ったのだったが、息子は、

「嫌だよ。絶対に歌わない。僕はギターに集中させてもらうよ」

と唇をとがらせた。ほんの2年前まで、人前で歌ったり踊ったりするのが好きでミュージカルにまで出演したくせに、いまはギターを弾くほうが断然クールと思っているらしい。

まあもちろん、まだ声変わりしていない息子には、ポーグスのシェイン・マガウアンのようなだみ声の低音ボイスが出せるわけはなかったが。

息子の新バンド登場

校長の若干ポリティカルなジョークで始まったクリスマス・コンサートの司会は、生徒会長の2人だった。英国の中学には、「ヘッド・ボーイ」と「ヘッド・ガール」と呼ばれる男女の生徒総代がいる。で、その2人がいわゆるスクール・カウンシル（生徒会）のトップを兼ねていることが多いので、日本で言うところの生徒会長も兼任しているのだ。

息子の学校では、去年の男子の生徒会長は中国人の少年だったが、今年はひょろっと背の高い、端正な顔立ちをした英国人の少年だ。女子のほうも英国人で、長い金髪をポニーテールにした利発そうな子である。

その2人に紹介されて、息子のバンドはわりと早い時間にステージに登場した。

実は、息子はティムと2人でラップ曲を制作し、それでクリスマス・コンサートの出演バンドを決めるオーディションを受けたのだったが、落ちてしまった。ティムはそれで気を悪くして、ついに音楽部をやめてしまったという。

その後で、メンバー間で揉めて解散するバンドが出て来たのでコンサートの出演者が足らなくなり、音楽部の教員がオーディションに落ちたバンドやユニットのメンバーの中から何人か選んで急ごしらえのバンドを作ったのだった。息子もそのギタリストとして選ばれ、毎日遅くまで学校に残って練習を重ねてきた。

今度のバンドは速攻で名前が決まったらしい。「レフトオーバーズ（残り物たち）」という名前だ。が、それじゃちょっとサッドじゃないかと先生が言うので、最終的には「プリティ・レフトオーバーズ」と呼ばれることになったそうだ。

その名の通り、ステージに登場したメンバーたちはかわいい印象だった。息子を含めてギターが2人、ベース、ドラム、キーボードはみんな男子で、リードヴォーカルは女子だ。

クール、というより、クリーンな見た目だ。ロック・バンドというより、アイドル・バンドだな、これは。と思ったが、演奏を始めると思った以上にうまかった。技術的には息子の前のバンドより上である。オリジナルのクリスマス・ソングは作る暇がなかったので、イールズの「Everything's Gonna Be Cool This Christmas」をコピーしたのだが、小ぎれいなルックスは個人的には好みじゃないのでマイナス点をつけるとしても、サウンドはなかなかタイトで渋い。

などと音楽ライターの目線で鑑賞していて、ふと思った。

この中にティムがいたらきっと浮いていただろうなと。

このバンドだけじゃない。今回のコンサート自体がそうだった。昨年まで、いや、特に2年前がそうだったのだが、コンサートの出演者の中には、それこそ放送禁止用語スレスレの言葉を連発する眉毛のないコワモテのラッパーがいたり、ケバい化粧の色っぽすぎる少女シンガーがいたり、なんかもっとワルそうというか、インパクトの強い子たちが出演していたのだった。

その子たちの背景には、彼らが背負っているものがうっすらと透けて見えた。彼らが音楽に救われていることが見て取れたのだ。

でも、今年のコンサートは違っていた。なんかもっとふつうにいい感じで、出演する子たちは、みんな技術的にはとても達者だし、きっと熱心に練習しているんだろうし、音楽が好きなのはよくわかる。でも、別に音楽がなくとも彼らの生活はオッケーだろう。

そもそも、昨年までは服装もみんなクリスマス柄のダサいセーターで統一されていて、いかにもワルそうな子たちがファンシーなサンタやトナカイの柄のセーターを着ていて、本人たちもそれをゲラゲラ笑って楽しんでいるムードがあった。だが、今年は、こざっぱりした格好をして、頭にサンタクロースの帽子を被ってクリスマスっぽさを演出している子が多かった。なんというか、ステージからユーモアも減少している。

ポップ・ミュージックやロックはもはやミドルクラスの音楽になった、と言われるようになって久しい。子どもに楽器を買ったり、習わせたりするにはお金がかかる。スポーツだって、サッカーやラグビーや水泳を子どもの頃から教室に通わせて習わせるお金のある家の子が上手になる。音楽だって同じことだ。

ティムが音楽部をやめたのは、もちろん楽器ができないせいもあったろうし、女子ばかりのコーラス隊に参加したくなかったのもあるだろう。でも、それ以外の理由もあったのではないか。きっと彼は、この「総中流」みたいな感じがする、いまの音楽部には馴染めなかったのではないか。

そんなことを考えながらぼんやりステージを眺めていると、中盤あたりで目が覚めた。春音楽部のソウル・クイーンが登場したからだ。彼女は1人でスタスタと歩き出て来た。春のコンサートでの彼女の歌唱力は語り草になっているので、観客から拍手が湧き起こる。

後からバンドのメンバーが出てくるのかなと思っていると、誰も出てこなかった。でも、ギターを抱えているわけでもないし、ピアノを弾いて歌うわけでもないようだし、どうなってるんだろうなと思っていると、ステージ中央に立った彼女の前にマイクスタンドが設置された。

赤い半袖のブラウスを着てジーンズをはいたソウル・クイーンは、胸の前で手を組み、すうっと息を吸ってから歌い始めた。

静かな夜　聖なる夜
すべてが穏やかで　すべてが輝いている
聖母と御子の回りを取り囲めば
聖なる幼な子は安らかにすやすやと
天国のような平安のうちに眠っている
天国のような平安のうちに眠っている

日本でいうところの「きよしこの夜」だ。相変わらず尋常でない声のソウルフルなバラードだ。でも、どうしてアカペラなんだろう。なぜ伴奏するバンドが彼女の回りにいないんだろうと思った。

彼女が周囲に溶け込めないで仲間はずれにされていたのは、あれはもう過去の話ではなかったのか。音楽部でたった1人のアフリカ系移民の子どもである彼女が広いステージにぽつねんと立っている姿を見ていると、いろんな雑念が湧いてきた。

すると、急に激しいビートとシンセサイザーの音がどこからか響いてきた。ヒップホップのトラックだ。小柄なソウル・クイーンはマイクスタンドからマイクを剝ぎ取り、体をゆさゆさと揺らしながらステージを歩き回って歌い始めた。

静かな夜　聖なる夜　ＹＯ！
すべてが穏やかで　すべてが輝いている　ＹＯ！　ＹＯ！

「きよしこの夜」でラップを始めたかと思ったら、「サンタが町にやってくる」へ、そして「ジングルベル」へと、定番のクリスマス曲のメドレーをラップにしていく。アカペラのバラードもすごい歌唱力だったが、ラップもかなり場数を踏んでいる感じで、ハスキーで繊細な声のラップは、ちょっと若い頃のローリン・ヒルみたいだ。

感心して見入っていると、ブツッと唐突にトラックの音が切れた。彼女はまたステージの中央に戻り、アカペラで、「ホワイト・クリスマス」をジャズバラード調にしっとり歌った。歌い終えてペコリとおじぎすると、場内からすごい音量の拍手と歓声が湧き起こった。にっこり笑ってそれに応えたソウル・クイーンは、恥ずかしそうに俯きながらステージの袖に戻って行った。

新しい時代は知らないうちに

いよいよコンサートは終盤にさしかかり、恒例のビッグバンド＋コーラス隊の、部員全員がステージに登場するフィナーレの時間がやってきた。

「くるみ割り人形」のロックヴァージョン、「ナット・ロッカー」から始まり、ザ・キラーズの「クリスマス・イン・LA」やジョン・レノンとヨーコ・オノの「ハッピー・クリスマス（戦争は終った）」などを演奏して、ついに最後の曲になった。毎年恒例のあの曲、（今年はなぜかプログラムに曲名が書かれていなかった）締めのクリスマス・ソングである。

ブラス隊の前に3本のマイクが並べられた。司会を務めていた長身の生徒会長の少年が出て来て右端のマイクの前に立った。そして赤毛の巻き毛にトナカイの耳のヘアバンドをつけた女子がコーラス隊のグループから出て来て左端に立った。最後にゆっくりとコーラス隊の中から降りてきて中央のマイクの前に立ったのは、音楽部のソウル・クイーンだ。

「Fairytale of New York」の歌い手が決まらなかったとき、沈黙を破って自分が歌うと言い出したのが彼女だったことは息子に聞いていた。「アイルランド訛りの英語で歌うことはできないと思うし、得意なタイプの曲じゃないけど歌ってみたい」と言ったらしい。彼女が手を挙げた後で、男声のパートを志願したのは、音楽部でウッドベースを弾いている（まったく人前で歌なんて歌ったこともない）生徒会長の少年だった。すると「アイリッシュ訛りなら任せて」とコーラス隊の一員である巻き毛の女子も手を挙げた。彼女はソウル・クイーンの親友だった。それで男女のデュエット曲を3人で歌うことになったのだった。

「Fairytale of New York」はニューヨークに移住したアイルランド移民のカップルの歌で、アイルランド版「浪花《なにわ》恋しぐれ」と呼びたくなるようなかけ合いのデュエット・ソングだ。成功を求めてアメリカにやって来た男女が、若き日の夢は破れていつしか年を取り、しがない日々を過ごしている。そんな2人がきつい言葉でクリスマスに毒づき合い、最後は「お前がいないと生きていけない」みたいなラブ・ソングとして終わる。その夫婦喧嘩の部分で、PCの見地から問題になった二つの言葉が使われているのだ。

しかし、ステージ上の3人のシンガーたちは、その二つの言葉を変えず、オリジナルのまま歌った。いかにも優等生風の生徒会長が「SLUT（尻軽女）」と歌い、ソウル・クイーンとその親友も「FAGGOT（おカマ野郎）」とはっきりと歌った。

十数年前、BBCラジオがこの曲にセンサーシップの「ピーッ」音を入れたとき、当時よく行っていたバーのゲイの店主が言っていたことを思い出した。

「僕自身も大好きな曲だから、妙な加工を施して台無しにはしてほしくない。でも、他人を罵倒するときに『FAGGOT』という言葉が平気で使われた時代があったことは忘れるべきではないし、この曲を覚えた小さな子どもが『FAGGOT』と嬉しそうに大声で歌っている姿はやっぱり見たくない。大人は、この言葉がどういう言葉なのかきちんと子どもに説明する必要があると思う」

数年前まで、あるいはほんの1年前までは何も考えずに人々に使われていた表現が、問題視される。そこで様々な意見が交わされてこの表現はもう使わないことにしようということになったが、やっぱり禁止は行き過ぎだろうというところに落ち着く。それでこの件はもう終わったものとしてみんな忘れていたのに、十数年たってまた同じ議論が再浮上する。

PCは、誰かが独善的に決めることではなく、長い議論と歴史の積み重ねによって変わっていくものなのだ。地方の小さな町の中学校で起きていることだって同じである。今年はこうやって歌われた歌が、来年はどうなるかわからない。もう歌いたがる子がいなくなるかもしれないし、演奏したくない部員のほうが多数派になるかもしれない。歌詞が変わるのかもしれないし、あるいはこのまま、10年後も20年後も歌い継がれていくのかもしれない。

それが今日でも英国やアイルランドで頻繁に「最も好きなクリスマス・ソング」投票の1位に選ばれる歌だとしても、けっして例外ではないのだ。迷いながら、手探りで進んでいくしかない。

ステージの上では、ソウル・クイーンが小さなゴムまりのように体を弾ませながら、すらっと背の高い親友と生徒会長の少年に守られるように両脇から挟まれ、気持ちよさそうに「Fairytale of New York」を歌っていた。

コンサートが終わり、学校の外に出ると、けっこうな勢いで雨が降っていた。わたしと息子は雨の中を徒歩で帰宅せねばならない。配偶者は夜間勤務シフトの時間があるので、途中までコンサートを見て先に出て行ったからだ。

雨風が強くて傘が裏返ってしまうのを押さえながら、2人でとぼとぼと暗い道を歩いていると、明るい大通りに出たところで、するすると脇に1台の車が止まった。

「乗って行く？　家まで送って行くよ」

助手席の窓を開けて息子に話しかけたのは、音楽部のソウル・クイーンだった。彼女の脇には、ポークパイハットを被った彼女の父親がハンドルに手を乗せて微笑んでいる。

「いいの？」

息子がそう言うと、ソウル・クイーンの父親が両手を広げて「オフコース！」と言った。

「ありがとうございます。助かりました」

と言いながら息子の後ろから後部座席に乗り込むと、ポークパイハットの父親が、

「気になさらないでください」

と紳士的な口調で言った。

「昨夜《ゆうべ》のほうがどの曲もうまくいったよね。そう思わない？」

助手席のソウル・クイーンが振り返って後部座席の息子に話しかけた。音楽部のクリスマス・コンサートは2夜連続で行われていて、今夜は2日目なのだった。

「うん、さすがにみんなもう疲れちゃったのかも。今週はリハーサルとか試験とか大変だっ

たからね」

と息子が答えた。

車はしばらく大通りを走り、ソウル・クイーンの父親に「あ、そこを右折でその後はまっすぐお願いします……」などと道筋を説明したりしていると、すぐにわが家の前に着いた。

「ありがとう」

と息子が言うと、ソウル・クイーンがにっこり笑った。

「こっちこそ、曲のトラックを譲ってくれてありがとう。あれがなかったら出演できなかった」

えっ？　と思ったが、わたしたちは車中の２人に別れを告げ、玄関の鍵を開けて家の中に入った。

「ひょっとして彼女がラップしていたトラック、あんたが作ったの？」

と尋ねると息子が答えた。

「うん。正確には、僕とティム。僕たちがオーディションに落ちた曲のトラック、彼女がラップするって言うからあげたんだ」

「へえ、そうなんだ」

「僕らより、彼女のほうが全然うまいしクールだから、結局、よかったと思う」

「ティムもそれでＯＫだったの？」

「うん。……ていうか、あの2人つきあってるし。週末も一緒に映画に行ってたみたい」

え？　と再び思ったが、わたしは努めて冷静に「お風呂にはいんなさいよ」と言った。

とんとんとんと階段を上がっていた息子が、途中でくるっと振り向いて言った。

「言っとくけど、僕にはまだガールフレンドいないからね」

なんかもう、すでに読まれてしまっているなと思った。

２０１９年も残すところあとわずかになった。どうやらわが家にも、次のディケイドが訪れそうな気配である。新しい時代はいつも知らないうちにやってくる。

11　ネバーエンディング・ストーリー

それは土砂降りの雨の夜だった。

隣家の前の舗道に1台の車が停まり、ヘッドライトを点けたまま、ずっと動かないでそこにいる。最初にそれを見つけたのは息子だった。

「気持ち悪い。なんか隣の家の前にずっと車が停まってるんだけど」

「え?」

2階から窓の外を見降ろせば、確かにそれはそこにいた。

「お隣さんの友だちか知り合いか何かかもね」

「でも、もう30分以上もいるよ。サッカーの試合が始まったときにはあそこにいたから」

なんとなく嫌な予感がした。

じつは隣に引っ越してきた家族はちょっとした揉め事があり、クリスマス直後に赤ん坊の父親が出て行って、いまは母親と赤ん坊だけが住んでいる。ポーランド出身だがほとんど訛りを感じさせない美しい英語を喋る若い母親が、その数日後にうちにやって来た。彼女はフ

アイナンシャルアドバイザーとして働いているそうで、

「これからは母子2人で暮らしていきます。育休を早めに終わらせて仕事に復帰するつもりです。あなた、保育士として働いていたと言ってましたよね。ひょっとしてうちの子のベビーシッターの仕事をする気はありませんか」

と言う。

「いまはちょっと別の仕事で忙しくて赤ん坊の面倒を見ている暇はないので……」

と断ったが、そのとき、彼女の片方の目の下にクマにしては濃すぎる痣《あざ》のようなものがあったので、ずっと気にかかっていたのだった。

赤ん坊の父親は、ひょろっと背が高くて優しそうな感じの男性なのだが、けっこう大声を出す人だったことは壁越しに漏れ聞いて知っていた。

もしかして、あの男性が戻ってきて車中から隣家の様子を窺っているのでは、と直感的に思った。赤ん坊の母親は車の存在を知っているだろうか。

生後数か月の子どもを抱えるどんな母親もそうであるように、彼女もずっと寝不足で、眠るチャンスがあれば1時間でも2時間でもそうすることにしていると言っていたので、ここのところ、隣家はすべての窓のブラインドが常に降りたままだ。

もしも車から誰かが降りて隣家に入っていくようなことがあったら……、などと勝手にいろいろ考えて身構えていると、次に窓の外を見たときには車は消えていた。

「たぶんそれ、赤ん坊の父親じゃねえと思うよ」

翌朝、夜間勤務のシフトを終えて帰ってきた配偶者が言った。

「数日前、俺が仕事に行くとき、やっぱりヘッドライトを点けたままの車が隣の家の前に停まってたな……。中を覗いたら彼女がタバコを吸ってた」

配偶者によれば、それは前に隣家に住んでいた家族の母親だというのだ。

「え、また何で？」

「後悔してるんじゃないかな、引っ越して行ったことを」

「……」

配偶者は「何してんだい」と彼女に話しかけたそうで、どうやら彼女は引っ越して行った家でさんざんな目に遭っているらしかった。引っ越し早々ボイラーが壊れて熱湯が出なくなったり、湿気がひどくて窓の周囲にカビが生えて来たり、きわめつきは庭の隅にスズメバチの巣があったことで、庭仕事を手伝いに来ていた彼女の息子が刺されてたいへんなことになり、結局、高い料金を払って民間の駆除サービスに来てもらったという。

「ほんの短い期間に、いろんなことがあったんだね」

「家全体に悪いエネルギーを感じるってしきりに言ってた」

「ああ、彼女、そういうことをすごく気にしてたもんね」

隣家を売りに出すことに決める少し前ぐらいから、彼女は家に閉じこもりがちになった。

別の街に住んでいる息子がひどく心配して、いつもわたしや配偶者に様子を聞いてきた。ある日、彼女の様子を見に行ったら、ダイニングルームに巨大な壁画を描いていたことがわかって腰を抜かしそうになったことがあった。おびただしい数の大小のキャンバスにも風景画を描いていた。子どもの頃に絵が上手で先生に褒められていたらしく、そのことを思い出して家に引きこもり、絵ばかり描いていたというのだ。

　またそれがけっこう上手なので驚いたのだが、彼女はＤＩＹで何でも作ってしまう（だいたいダイニングルームからして彼女がＤＩＹで増築した部屋だった）人だったから、こういうガテン系の人は工芸やアートの天賦《てんぷ》の才があるのかもしれない。というのも、わたしの福岡の親父が、やはり暇さえあると今宿《いまじゅく》の浜だの柴犬の絵だのを立体的な彫刻画にして実家の庭の壁にモルタルで次々と作ってしまうからであり、親父はブライトンに来たとき、（元）隣家の母親とやたら意気投合していた。

　が、うちの親父と彼女が少し違っていたのは、彼女は自分に絵を描かせているのは若くして死んだヴィクトリア朝時代の画家の霊だと信じていた点だった。どこかの骨董市で小さな油絵を購入してから、その絵を描いた画家が降りてきてどんどん絵が描けるようになったと真顔で言ったときには、さすがに彼女の息子に相談した。

「いや、わりと昔から、母ちゃんにはそういうところがある」

　彼は冷静にそう言った。うんと小さい頃から、母親の双極性障害と付き合ってきた人だ。

彼がティーンの頃にいろんなことに反抗し、学校や地域で暴れていたのは、その大変さから逃れようとしていた部分もあったと思う。皮肉なことに、彼のようにティーン時代に荒れなかった分別のある姉のほうが、結局はブライトンから遠く離れた北部の街へ移住した。

彼らは、みんな隣家で生まれてそこで育った人たちだ。そして子どもたちを送り出した後も、母親はずっと1人でそこに住んでいた。彼女はそこしか眠る場所を知らないのだ。

「違う家で目覚める最初の朝はどんな感じだろうと思う」

引っ越して行く前に彼女が不安そうに言っていたことをふと思い出した。

ア・ハウス

家というのは考えてみれば不思議な場所だ。

日本なんかだと、木造住宅はそんなに長く持つものではないので、数十年単位で建て替えられるが、英国の場合、築百年以上の住宅がゴロゴロしている。だから、そこらへんにある住宅でも、いくつもの違う時代に、いくつもの違う家族が暮らしてきたという長い歴史の跡が刻まれている。

隣家は元公営住宅なので比較的新しく、戦後この国が「ゆりかごから墓場まで」の福祉国家を目指した頃に建てられ、それ以来ずっと同じ一家が住んできたことになるが、ブレグジット前夜とも言える時期にポーランド人の家族に売却された。考えてみるとなかなか象徴的だな。でも具体的に何を象徴しているんだろうな、などと考えながらスーパーから歩いて帰ってきていると、またもや隣家の前に車が停まっていた。

運転席に座っているのは、やはり見覚えのある女性だ。わたしは車の背後から運転席の窓に近づき、ノックした。

ああ、と一瞬驚いたような表情をした彼女は、疲れたような笑みを浮かべて窓を開けた。

「ハロー」とわたしは努めて明るく言った。

「ハーイ」と彼女も笑い返す。

「何してんの、こんなとこで」と本当に驚いたようにあっけらかんと言ってみた。

「……気がつくと、来てしまっているのよね」と答えた彼女の目にうっすら涙がにじんでいる。

「うちでティーでも飲んで行く？」と声をかけたが、彼女は首を振り、「ありがとう」と言って車を走らせ去って行った。

家に戻ってから彼女の息子の携帯にＳＭＳを送った。

「あんたの母ちゃんと会った。最近、隣家の前によく来ている」

「サンクス。今晩、電話してみるよ。最近ずっと落ち込んでいるから」

と速攻で返事が来た。

しかし、彼女が車で見に行っているのは自分が住んでいた家だけではなかったことがわかった。

「帰りに友だちと歩いて校門から出てきたら、前に隣家に住んでいたおばさんがいた」

息子がそう証言したからである。どうも家だけでなく、この地域に対する思い出というか、未練というか、そういうものが溢れ出しているようだ。

「息子は超悪ガキだったから、しょっちゅう呼び出されて謝りに行ってたし、中学にそんなにいい思い出があるわきゃないと思うけどな」

配偶者は笑っていた。

「いいとか悪いとか、そういうことは関係なくて、すべてがきっと懐かしいんだと思う」

「60過ぎになるまで、ずっと一つの地域しか知らなくて、一つの家で育って歳を取った人間が、いきなり知らない土地に引っ越して行くなんて、なかなか大変なことをやっているなと思ったもんな、家を売りに出したとき」

「本当は売りたくなかったんだろうね」

「そういう感じは見え見えだったろう。だからいきなり絵をたくさん描きだしたりして、気を紛らしてたのかもしれねえしな」

「売りに出したくなかったのなら、どうして家を売っちゃったの?」

コンソールを両手に握りしめて居間のテレビでゲームに興じている息子が、振り向いて言った。

「子どもたちが家を買うのを手伝いたかったんだろ。家を買うときには頭金ってのがいる。それで、自分の家を売ってまとまった金を渡してやりたかったんだよ」

「でも、そのために自分は住み慣れないところに住んで悲しい思いをするのに？」

息子が腑に落ちない感じでそう言うので、わたしが脇から答えた。

「親ってのはね、そういう風に子どものために自分を犠牲にしたりするもんなのよ」

しばらく考えるように黙っていた息子が、わたしに尋ねた。

「母ちゃんも、そうする？」

じっと息子がわたしの顔を見ているので、わたしはきっぱりと答えた。

「いや、しない」

息子はからからと笑ってコンソールを握り直し、またゲームを再開しながら言った。

「僕もしないほうがいいと思う。だって、そんなことされたら、子どものほうが重荷に感じるもん。親は親で好きに生きていてくれたほうが、子どもはハッピーだと思うよ」

その言葉どおり、（元）隣家の息子は母親をいたく心配していた。その週末は、母親の新しい家を訪ね、母親が調子がよくないと愚痴っている家の中の箇所はすべて点検し、直せるところはすべて直したらしい。

「引っ越してから、母ちゃんは物忘れが激しくなっているというか、ちょっと認知症の人みたいな表情をするときがある」

彼は電話でそう言っていた。

「近所に友だちとかいないからでしょ。喋る相手がいなくて、一日中、家に閉じこもっていると、誰だってそういう風になる」

そう答えると、彼はほとんどため息まじりの、つらそうな口調で言った。

「金なんていらないから、もう1回、あの家を買い戻したほうがいいのかなと思ったりもする。でも、姉ちゃんはもう自分の家を買う気満々で、パートナーと物件を見て回ってるし、俺1人の決断じゃもうどうにもならない……」

「いや、お隣だってもう新しい人たちが住んでいるし、いまさら無理でしょ。前を向いて進まないと。後ろじゃなくて」

と言って電話を切ったものの、前途は多難そうだと思った。いまのお隣だって、引っ越してきたときはカップルと赤ん坊という家族構成だったのが、ほんの2か月の間にシングルマザーと赤ん坊の2人になって、ずっとブラインドが降りている家になった。いろいろあるなと思った。

われわれは多難の中を生きている。

長く曲がりくねった道

多難はわが家にも降ってきた。

極寒の1月に、暖房が効かなくなったのである。

英国のセントラルヒーティングは、ボイラーでお湯を沸かし、それをパイプで各部屋のラディエーターに送り、そのラディエーターが各部屋を暖かくするという構造になっている。業者に来てもらったら、わが家の場合、このパイプのどこかに詰まりが生じているそうで、全室の床を取り外して大規模工事が必要だという。「ええっ」と動揺しているうちに今度はボイラーまで故障し、熱湯も出なくなった。

そもそも過去二十数年間、故障することもなく、したがって修繕も何もしたことのない暖房システムである。これはもう総取り換えの時期でしょう、という話になり、一時的に引っ越しが必要になった。で、どうせ引っ越すなら、壊れたところをすべて修繕してもらうことにして建設業者を呼んで見てもらっていたところ、わが家にはアスベストという有害な鉱物を含む建設材料が使用されていたことが判明し、全撤去せねばならないと言われて、これは本気で大掛かりな工事になるとわかった。それでなくとも進行の遅い英国の家屋の工事である。おそらく数か月はかかる。

しかし、週単位や月単位で借りることのできる物件は、ホリデー用の豪華マンションだったりして、家賃がぎょっとするほど高い。そんな折、息子の中学の先生の1人が、「親戚がオーストラリアに引っ越したばかり」という耳よりな情報をくれて、そこの家を借りられることになった。

が、その家も家屋内部の改装工事中で、1月末まで引っ越せない。暖房はポータブルのヒーターで凌《しの》げるが、熱湯がないのはつらい。そんなとき、「うちのシャワーを使ってください」と言ってくれたのが（現）隣家の母親だった。

彼女は「困っているときはお互い様」と、サバサバと明るくわたしたちを迎えてくれた。とはいえ、親子3人でぞろぞろ毎日行くのも気が引けるので、週に何度かは市民プールのシャワーを使って凌いだが、それでも何度も通ううち、すっかり（現）隣家の母親とも打ち解けて話ができる関係になった。

彼女は早くも赤ん坊の教育のことを考えているようで、息子に地域の学校のことをあれこれ聞いていた。息子がカトリックの小学校に行ったことを知ると、彼女はきらりと目を輝かせ、申請するにはどんな書類が必要なのかと質問した。教区の神父からの推薦状が必要と答えると神父を紹介してくれと言われたので、その週の日曜日に一緒に教会に行った。彼女も子どもをカトリックの学校に入れるために、赤ん坊のうちから子どもを連れて毎週ミサに通う親たちの1人になるのだ。

「どうしてカトリックの中学校に行かなかったの？」

彼女は心底理解できないという感じで息子に尋ねた。

ポーランドから来てファイナンシャルアドバイザーとして働き、１人で住宅ローンを返しながら子どもを育てて行こうという女性だ。東欧からこの国に来る若い人々の多くがそうであるように、彼女も有能で向上心の強いタイプに見える。

「カトリックの学校は遠いから、バスを乗り継いだりして通学が大変だから……。うちは母ちゃんが車を運転できないから」

息子はそう答えた。

「それだけの理由で？　友達はみんなカトリックの中学に進んだんでしょ？」

「うん」

「みんなと同じ学校に行きたくなかったの？」

「……」

わりとズバリと物事を聞く人だなと思った。息子はちょっと口ごもっている。

「行きたくなかったってことはないけど……。でも、すぐに新しい友達ができたから。それに、いまもカトリックの学校の友達とはインスタグラムで繋がっているし」

息子はシャワーの後の髪の毛をタオルで拭きながら言った。よく知らない人に、社交辞令風に、当たり障《さわ》りのない答えを返すときの人間の口調だ。息子も大人になったもんだなと妙に感心する。

「ふうん、そうなんだ」

ポーランド人の母親のほうは当たり障りを避ける口調ではなかった。「もったいない。カトリックのほうに行けばよかったのに」という感情が透けて見える。

「あなたもそれでよかったの?」

彼女はわたしのほうを向いてそう言った。

「いや、どちらかと言えば、母ちゃんのほうが近所の学校を気に入っちゃって」

と息子が悪戯っぽく笑ったので、わたしは答えた。

「いい学校だと思ったから。もちろん、カトリックの中学は成績優秀でいい学校だけど、でも、違う意味での良さがあった。カトリックの学校では学べないことが学べるんじゃないかなって」

ポーランド人の母親は心から意外そうな顔をして聞いていた。

「ビートルズのポール・マッカートニーは、最初の結婚のとき、子どもを4人ともふつうの公立の中学に行かせたらしくて。デザイナーのステラ・マッカートニーのインタビューを読んだとき、彼女は最初、セレブリティーのくせに私立に行かせてくれなかった親の決断を許せなかったけど、いまは、それは彼女の人生に起きたことで最良のことだったと思ってると言っていた。自分とは違う世界で生きる人たちを知るのは健康的なことだったって」

わたしがそう言うと、ポーランド人の母親がテーブルに頬杖をついて言った。

「そういうのは、ひと昔前のロマンティックな時代の話かと思ってた」

もっと何かを言いたそうな言葉の響きだったが、息子もそこにいたからだろう、彼女はそれ以上この話は続けなかった。

彼女の表情を見れば、だいたい言いたいことはわかるような気がした。現代はそんな悠長なことを言っていられる時代ではない。いい学校に行って、いい大学に行っても仕事を見つけるのが大変な時代だ。いま親が子どものためにできることは、できる範囲で最高のアカデミックな教育を受けさせること。第一、ポール・マッカートニーのような人たちは、自分の教育理念のために子どもが失敗したとしても、一生その責任を取れるだけの財力がある。庶民が参考にするような話ではない。

この若い女性はリアリストだな、と思った。いかにもお金を専門に扱っている人らしい。そしてこういう人と話をするのがわたしはけっこう嫌いではない。

隣家から家に戻って、わたしは息子に聞いてみた。

「母ちゃんのこと、ロマンティックだと思う？」

「ははは。隣で言われてたね。そうだなあ、ぜんぜんそうじゃないときもあるし、そういうときもある。母ちゃんの場合、ちょっとそれが極端かも」

と言われた後で、わたしは彼に尋ねた。

「カトリックの学校に行かなかったこと、後悔している？」

息子はわたしの顔を見て、ちょっと考えるような表情になった後で言った。

「わからない」

頭をがつんと殴られたような気がした。

1年ぐらい前に同じ質問をしたときには、迷いもなく「いまの学校にしてよかった」と彼は言ったのである。今回も同じ答えが返ってくると思い込んでいたわたしの衝撃が見て取れたのか、息子が言葉を続けた。

「『なんで君みたいな、いい小学校に行った子がここに来てるんだ』って教室で言う子がいると、ああ僕は大きな間違いを犯しちゃったのかなと思うし、音楽部でバンドの練習をしているときとかは、カトリックの学校じゃこれはできなかったなと思う。どっちが正しかったのかはわからないよ。僕の身に起きることは毎日変わるし、僕の気持ちも毎日変わる」

「……」

「でも、ライフって、そんなものでしょ。後悔する日もあったり、後悔しない日もあったり、その繰り返しが続いていくことじゃないの?」

人生、という日本語に訳したくないぐらい、13歳の息子が「ライフ」なんて言うのは時期尚早過ぎるのだったが、こういう言葉が出てくるぐらい、きっといま、わたしの知らないところで息子の「ライフ」はいろいろ動いているんだろうなと思った。

そして息子はもうそのことをわたしには話してくれない。

だけど、それでいい。彼もいよいよ本物の思春期に突入したのだ。

隣家からは赤ん坊の泣き声が聞こえていた。ふいに携帯が鳴り、(元)隣家の息子から「さっき母ちゃんに会ってきた。今日はわりと元気だった」とメッセージが届いているのに気づいた。

それぞれの母と子のライフに思いを馳せた。

それは続いていくのだ。近くなったり、遠くなったり、繰り返し変わりながら続いていく。

いつの間にか2階に上がった息子がギターを弾いていた。ビートルズの「ザ・ロング・アンド・ワインディング・ロード」に聞こえたので、なんてタイミングなんだと思った。しかし、よく聴いたらぜんぜん違っていた。流行りの新しいバンドの曲かもしれないし、息子が自分で作った曲なのかもしれない。

いずれにせよ、それはもうわたしの知らない曲だったのである。

本書のご感想をぜひお寄せください。

ブレイディみかこ Mikako Brady

ライター・コラムニスト。1965年福岡市生まれ。1996年から英国ブライトン在住。2017年、『子どもたちの階級闘争――ブロークン・ブリテンの無料託児所から』（みすず書房）で新潮ドキュメント賞を受賞。2019年、『ぼくはイエローでホワイトで、ちょっとブルー』（新潮社）で毎日出版文化賞特別賞、Yahoo! ニュース|本屋大賞ノンフィクション本大賞などを受賞。他に、『ワイルドサイドをほっつき歩け――ハマータウンのおっさんたち』（筑摩書房）、『THIS IS JAPAN――英国保育士が見た日本』（新潮文庫）、『女たちのテロル』（岩波書店）、『女たちのポリティクス――台頭する世界の女性政治家たち』（幻冬舎新書）、『他者の靴を履く――アナーキック・エンパシーのすすめ』（文藝春秋）など著書多数。

ぼくはイエローでホワイトで、ちょっとブルー 2

著者　ブレイディみかこ
発行　2021年 9 月 15 日
4刷　2022年 2 月 5 日

発行者　佐藤隆信
発行所　株式会社新潮社
〒162-8711　東京都新宿区矢来町 71
電話：編集部　03-3266-5611
　　　読者係　03-3266-5111
https://www.shinchosha.co.jp

装画・挿画　中田いくみ
装幀　新潮社装幀室

印刷所　大日本印刷株式会社
製本所　加藤製本株式会社

乱丁・落丁本は、ご面倒ですが小社読者係宛お送り下さい。
送料小社負担にてお取替えいたします。

ISBN978-4-10-352682-7 C0095
価格はカバーに表示してあります。